你热爱的一切，生活都会给你

NI REAI DE

YIQIE,

SHENGHUO

DOU HUI

GEI NI

京 著
JING

百花洲文艺出版社
BAIHUAZHOU LITERATURE AND ART PRESS

图书在版编目（CIP）数据

你热爱的一切，生活都会给你 / 京著 . -- 南昌：百花洲文艺出版社 , 2018.4
ISBN 978-7-5500-2793-0

Ⅰ . ①你… Ⅱ . ①京… Ⅲ . ①故事 - 作品集 - 中国 - 当代 Ⅳ . ① I247.8

中国版本图书馆 CIP 数据核字（2018）第 066857 号

出 版 者　百花洲文艺出版社
社　　址　江西省南昌市红谷滩区世贸路 898 号博能中心 1 期 A 座 20 楼　邮编：330038
电　　话　0791-86895108（发行热线）0791-86894790（编辑热线）
网　　址　http://www.bhzwy.com
E-mail　bhzwy0791@163.com

书　　名　你热爱的一切，生活都会给你
作　　者　京
出 版 人　姚雪雪
出 品 人　柯利明　吴　铭
特约监制　段雪坤
责任编辑　袁　蓉　兰　瑶
特约策划　郑心心
特约编辑　郑心心
封面设计　辰星书装
经　　销　全国新华书店
印　　刷　三河市文通印刷包装有限公司
开　　本　880mm × 1230mm　1/32
印　　张　8
字　　数　192 千字
版　　次　2018 年 4 月第 1 版
印　　次　2018 年 4 月第 1 次印刷
书　　号　ISBN 978-7-5500-2793-0
定　　价　38.00 元

赣版权登字 05-2018-173

目录

Contents

你热爱的一切，生活都会给你

辑四　我们爱过又忘记

辑五　你别在 20 岁就老去了

辑六　你手握万物生长的秘密

辑一

不止人间情爱

NI REAI DE YIQIE, SHENGHUO DOU HUI GEI NI

你热爱的一切，
生活都会给你

今日立夏，宜见海，宜冲浪

2017年五月，下午四点，霞光从远处倾洒而来。
近海处，冲浪者们屈腿仰头，迎着浪尖呼啸。
海面泛金，水光斑斓。
我停下摩托车，翻出手机查看日历，立夏。
他没有出现在这片海滩。

1

我第一次见到他的时候，他和我说，他是个病人。

那天夜里，整片海滩万籁俱寂，唯独我身前的篝火冒着炎炎的火光。他躲在那光亮后面，瘦削而苍白的脸忽明忽暗。

“不太有意义的一个病啦。”他笑了几声，丢过来一罐带着冰碴儿的啤酒给我。

那一年我18岁，我以为抑郁症其实只是敏感细腻的心将忧伤放大之后的矫揉造作，既算不得病，也不值得同情。我以为，只有当一个人愈是脆弱不堪敏感多虑，才愈会被负面情绪打败。

我摆摆手，轻描淡写地把话丢给他：“所有自以为是的磨难都没什么大不了的，日子过去，你总会嘲笑从前这样孬的自己。”

他仰着头，大口灌下啤酒，一句小声的“你不懂”被淹没在星星点点的火光里。

我确实不懂。

我不明白他分明是不修边幅无所事事的一个人，却为什么偏偏每个夜里，都要去远处废厂里背了碎木回来，点一把篝火喝啤酒，再在天快亮时躺在沙子上沉沉睡去。

也不明白为什么他雷打不动每天下午四点去冲浪。太阳落山时，总要带着一身咸湿，躺在柔软的沙滩上，直到夜色渗了出来，才肯拍拍粘了一身的沙，扛着冲浪板回家。

我不明白他为什么，下雨刮风，一次不落。

我甚至不明白，他为什么要一面不断和我念叨他生病了，像是寻求安慰，又一面大力推开我，说我无法救他。

那一年我 18 岁，年纪不太大。我冷漠、无知、胡闹。

我日日夜夜唇干舌燥试图说服他，抑郁是心魔，而非疾病。我抢了他的药扔进海里，大声嚷道："我们不需要药物，我们的精神里有无尽的力量！"

他捂住耳朵一句一句"你不懂的""你不会懂"，在我眼里，竟像是言语刺激后恢复健康的证据。

6 月的时候，有一场台风。

云已经压得很低了，远处的天地一片细雾，大雨就在前方。

他在所有人都没有注意的时候，就扛了冲浪板出门，一头扎进海里。等我追到海边时，巨浪已经在翻腾，他在海面浮浮沉沉，每几秒钟，还未站起，就被席卷而来的大浪打到水下。

一次一次。一次一次。

那是我第一次感受到他的绝望，他的不甘心。

我不是水里长大的人，又十分惜命，本不会下海。可大概是滔天的巨浪和风蛊惑了我，我脱了鞋子和外套将自己砸进大海，用从来没有过的力气往他的方向游去。

我确信他看见我了。他卸了脚绳，丢了冲浪板，朝我的方向过来。

他在大海冰冷的浪潮里，从我身后抱住我，泪水滚烫。

和海水一样，又不一样。

2

那一天夜里，我们躺在被潮水浸湿的沙滩上，第一次和彼此分享了人生。

他出生在南方没有海的山区里，却是一个北方人。

父母恩爱，家庭和睦，唯一的残缺大概只是，他们在他 12 岁的时候，才接他回去。

他说："小时候挺好，上小溪里摸虾抓鱼，姨太婆在上游的大石头那儿洗衣服，她洗好了我抓完了，两人都收获颇丰。"

他又说："其实后来也挺好，父母对我都不错，虽然亲近不来，但衣食住行也没亏待我。上初中的时候我和同学学说东北话，一字一句往外蹦，想起来还觉得好笑。"

只是有一天，午觉睡醒，躺在床上看见窗户外，夕阳一点一点沉下去，光线昏暗。

突然就觉得，绝望了。

他说："京，你不要不信，我是真的在生病。"

我躺在一旁云淡风轻地说："我妈说生病就得治，赶明儿，咱们看病去？"

"好啊，你带我去。"

3

可我没有带他去看病，太阳快落下去的时候我们醒来，他赶着日落余晖时的浪潮，教我冲浪。

海水咸腥，浪头砸过来，发丝漂荡，糊满了脸。

我在混浊的水下睁眼看他，冲浪板的脚绳挂在他的脚踝上，随着他游来游去，晃晃荡荡。

海水蓝的，就像是一场梦。

他和我说，绝望这种情绪，是很诗意和迟钝的。

那些年，他脑袋转得很慢，行动也越来越慢，他的眼睛里有宇宙万物和千亿个梦境，每一个说出来，都是迷死人的混沌。

“我很喜欢发呆。上课时发呆，下课时发呆，醒来时发呆，睡着时发呆。学校回家的那条路车流很多，四年半里，我出了三次车祸。”

“严重吗？”

“不严重啦，次次也都没死。”

他和我说，他其实并不是想自杀，只是魔怔了。偏偏一次两次三次，家里人和医生都觉得他想要寻死。高三的后半年，他不再去学校，一个人窝在小房间里，无穷无尽的时间留给他，供他享用。

他看了很多哲学类的书，却没什么用，仍旧是不了解自己。

他睡了很长很长时间的觉，却还是没有用，没能一睡不醒。

“我频繁地见医生，每天吃药，我努力配合一切，想要好起来。”他用手抹掉一把落在头上的阳光，弯起嘴角，眉眼带笑，“医生们都挺好的，护士们也是，我那时候觉得我好像只是得了一场旷日持久的感冒。”

“高考时我没有去，在图书馆里读完了一整本《梦的解析》。我知道，从来没有好好学习的人，没有运气赢过应试教育。”

“然后，我离开了家人，来了这里。”

“那已经是六年前的事了。”

4

夜里篝火燃起来的时候，他和我说："京，对我而言，你有点像这点光在黑暗里的样子。"

我知道他是在说，我可能是他的一点灯火。

这一回轮到我把啤酒递给他。我照例是一头栽进文艺罐里的笨熊模样，透过灼灼的火光和他说，你病了，那我救你吧。

声音不大，一两秒就消散在夜色里。

我假装没有听见他哭。

我们在一起了。

清晨时我们一齐从海边的小房子里醒来，推开窗就是腥味而爽利的海风。

早市的虾蟹便宜，我们牵着手散步过去，花十块钱买上一小篓，回去煮上两碗海鲜面，就又是热乎鲜甜的一天。

白日我在家修图，或外出拍照，他等着游客找上门来，扛上冲浪板，教他们冲浪去。

下午四点的时候，面向大海的右面，有整片的霞光倾泻而来，他站在最高的浪上，能够一秒就看见散步到沙滩接他的我。

我拿起相机，拍下他那一刻的模样，就像是深野里，绕过竹林的呼啸山风。

他越来越爱笑，开始学着下厨，也学着骑我的摩托车。我们不再去医院，也不再拿新的药。

每一个无所事事的夜里，我们点燃篝火，接待几位远方的客人，喝几瓶啤酒。

话有很多，像是什么都说，又仿佛没说什么。

他说我是他，这一辈子也不会有的好运气。

我还以为，他就要好了。

我们绕着环海公路一遍一遍地骑车，他数了一百多盏白色的路灯，告诉我，就算它们集体亮起来，也不如我的眼睛亮。

我们到了山顶最高的地方，扎帐篷喝桂酒，自上而下俯瞰这座我们生活的小镇，灯光熠熠，竟也觉得耳边有些锣鼓喧天的吵闹。

他越来越爱笑，而我也是。

我天真地以为，这种安宁会是之后五六十年里，我们的生活。

5

从山顶上醒来的时候，他和我说，对于有些人来说，好运气是该拿来握紧珍惜的，可对于有些人来说，好运气，是万万不敢去碰的。

我曾以为我是前面那种人，没有想到，我其实是后者。

他说他要离开了。

他说他愈看见美好人间，愈不敢奢望美好未来。

离开我的时候他说："我以前病得厉害的时候，总以为每个人都是值得被救的，也晓得你能救我。可是我忽然还是觉得，每个人都不需要被拯救。"

我撸起他的袖子，不太意外地，看见手臂上密密麻麻的刀片划痕。

这些天他总是长袖不离身，其实我早该明白。

"有些好运气，碰一碰就已经够了。没有人，能够赢得过绝望。"

我忽然想起很久以前他和我描绘过那种感受。

就是一个巨大的玻璃瓶子装着他，然后被至亲至爱之人抛进海里。他可以看见日夜更替，四季变换，能够看见岸上灯火通明，烟火人家，他却没有办法。

没有一丝一毫办法。

“氧气会越来越少的，瓶子会越来越远，我也看得见结局。”

“如果此时我有一把柴，不如点燃它。”

“我看得见那个万劫不复的终点，并且清楚知道自己正往那里走去，这就是我的病。”

我很想对他说，终点在哪里，我陪你去。

却最终没有。

6

我和他约好每年立夏的时候回小岛看看，我怕他犯傻，想要给他留个念想。

他犹豫蛮久，终于点头。

后来的每年夏天，我都赶在冲浪季到来之前，骑着摩托车回小岛看看。要是不忙，就住上一段时间。

岛还是那个岛，只是人也渐渐多了起来，每天下午日落之前，浴场海滩那边，人流拥挤，恍若闹市。

游客们时常在夜里燃起篝火，不太长的海岸线星星点点的火光，一盏一盏亮着，路灯一样整齐。人们谈笑唱歌，音乐震天，早已盖过汹涌海浪的声音。

岛终归还是那座岛，只是再也没有他了。

我再也没有见过他，就仿佛那年的爱情，是大海赠予我的一场梦境一般。

很奇怪，随着日子过去，年纪渐长，我开始不再那样文艺矫情地去难过。

我想他应该是在自己的路上一往无前地走着吧，这生命或漫长或短暂，或辉煌或暗淡，却其实又有什么关系呢？

我们被动地来到这个世界，主动地、奋力地活下去，早已经是个英雄了。

我也终于开始明白他说的话。

没有人可以拯救谁，也没有人需要被拯救。

生命和生命的碰撞，永远是热烈而狂妄的。

希望是打不过绝望的，但这又何妨?

后来的人生里，我遇见过很多得了抑郁症的人，他们或有些与我擦肩而过，或有些至今仍陪在我身旁。

我不再试图做任何人的救世主，我陪伴每一个生病的孩子，任由他们决定留下或者离开。

我把满嘴酒话挂在嘴边，我说，你们啊，要来，我备酒等你们；要走，我为你们送行。

人生如此，来去由他吧。

这么多年，我唯独只是遗憾，当年忘记和他说了，你说我是光，你又何尝不是呢?

我长大了，本可以更加好地去爱你。

你以前说，立夏时，宜见海，宜冲浪。

今日立夏，我有些想你罢了。

不止人间情爱，还要看花看海

1

在认识小嘉之前，我还是个成日里只会插科打诨混日子的女流氓，每天穿着松垮的校服上学，上课的时候抖腿嚼口香糖。十六七岁的年纪，我最喜欢做的事情莫过于，大晚上冲过路的小姑娘吹口哨，光天化日之下把男友调戏得羞红了脸颊。

作为一个正统的县城青年，校门口十几家租书店一字排开，大环境诱导下，我不得不受郭氏爱情小说荼毒。虽然也觉得生活枯燥日子无聊，但我们这群没什么见识的年轻人，排解寂寞的方式，多多少少，也都离不开离经叛道和情情爱爱。

为了成为一个酷 Girl，我在高中三年，换了六个男朋友，和老师吵架三次，校服剪了三套，耳洞打了五个，刘海儿一度长到过马路的时候要往两边拨一拨。

我一直以为，我的人生，差不多就这样了。

我成绩不算太好，考个二本了得；大学没个方向，恋爱喝酒打打麻将；等到毕业了，我就回家，托爹妈的关系找个闲职干着，喝喝茶打打官腔再找个男人结婚生娃。

大家的人生不也都是这样嘛。

有时候我也觉得，人这一生没什么意思，大几十年那么长一辈子，照着前人的路往下走着，日日都是一日三餐，年年都是柴米油盐酱醋茶，就仿佛把日子过上一年，再重复个五六十年，就是完满。可大家都在这条路上走着，我跑也不是，停也不是，继续往前也不是，掉头就跑也不是。

于是这种关于人生的微妙不满，也就只有很偶尔的时候才会出现罢了。

更多的时间里，我看着泡沫剧和爱情小说，谈谈恋爱逛逛街，虽然无聊，但也算逍遥。

2

可谁也没想到，高中毕业后的那个暑假，我认识了小嘉。

小嘉虽然个儿不高，一米七顶天了；人也不壮，一百斤了得了；可小嘉他娘的是个诗人啊！我第一次见到他的时候，他就和我叨叨了一整夜博尔赫斯和加缪，禅与摩托车的维修艺术，听得我一愣又一愣，直败下阵来。

我是在麻辣味儿成都的宽窄巷子里认识他的。

那条街是个旅游景点，一到晚上，人群一窝蜂嗡嗡地就往里蹿，酒吧里歌手唱着爱情和梦想，灯光五颜六色地打到街上，照得一幢幢仿古建筑直像鬼屋。我躲在巷子最里边的一家小酒馆里，喝着老板自己酿的青梅酒，晕晕乎乎地数人头。从雕花窗户向外边看去，灯红酒绿的，姑娘遍地，贼像是个超高水准的红灯区。

小嘉么，就从那雕花窗户外伸进头来，一咧嘴，冲我一笑。

那天晚上，就在酷似红灯区的宽窄巷子里头，我听小嘉和我说了六个小时哲学理想、诗和远方。我这人其实不太信这个，我忒俗气了，他一说起那些塑造世界观的书籍，令人神往的旅行，我就NONONONONO不如我们聊聊男人和钞票。

大约是每个有骨气的诗人，在撞到南墙的时候都不会揉着脑袋转身就走，而是想着怎么才能把墙给劈了。所以小嘉才会在我面前滔滔不绝苦口婆心，据他说，就是拼了他那条美命，也要磕化我。

那天夜里，他足足和我死磕了六个小时，磕没磕化暂且不说，倒是把我给磕困了。

昏迷在椅子上之前，我摆摆手，答应了他想要把论据拿来证明给我看的请求。

醒来之后，我们收拾好行李，坐上火车去了云南。

那其实不是我第一次去云南，高中的时候，为了彰显自己的离经叛道，我砸碎了存钱罐，逃了整整一周课去了趟传说可以洗涤心灵的大理。大理那地方网络上给吹得神乎其神的，其实说起来，也就是一座小破古城，几间酒吧和客栈，上午不开门，夜里打上花花绿绿的灯，就叫作文艺。

这一加持，破旧不堪也是原始真实，价格死贵也是情怀付费。

我吧，心疼钱，所以那一周过得也就凑合。至于什么远方啊梦想啊时间停滞啊放慢步伐啊什么的，可以说是完全没有体会到。

所以这一次在火车上，我看着小嘉眼睛亮晶晶地抱着本书在读，倒觉得他没见过世面，像个弱鸡。

3

没想到的是，我们没去大理，倒去了大理旁边的一个名叫喜洲的小镇。

下了火车以后，有朋友骑了摩托车过来接我们。他长发在脑后扎了个髻，袖子撸到肩上，露出一整条花臂，皮肤晒得黑黑的，笑声豪放。

贼……帅了。

我爬上摩托车，突然觉得自己盖住眼睛的刘海儿显得忒碍事，忒怂。

回小镇之前，他俩带着我们绕洱海骑了一整个下午。傍晚时，光落在水面上碎成一片片的星光，头顶和脚下都是殷红的霞，美极了。有风呼啦啦打到我脸上，灌进我嘴里，让我话都说不利索，可我还是说了很多话，我叨叨了许久原来是上次没找到正确玩儿法，又被风光刺激得一会儿尖叫一会儿疯嚎。

那大概是我人生第一次，觉得生命怎么就他娘的能够这么自由呢？

我们住进了喜洲四方街旁的客栈里，老板就是载我的花臂大哥，他扯着我和小嘉到前台献宝儿似的介绍了一圈，又啪唧一挥手，打掉我准备拿钱包付钱登记的动作，骂我一声："小姑娘家，俗！"

我摸了摸自己的手，眼珠子滴溜溜转了几圈，觉得这份亲近真好。

大哥做得一手好菜，每天傍晚，我和小嘉上市场里买了菜回来，大哥撸起袖子就开干了。厨房在顶楼天台上，开放式，那方位正好能看见落日。我们扯着犊子喝着啤酒等饭熟，然后大家窝在藤椅里，边吃饭边说故事。他们每个人都好像有说不完的经历，每个故事里都有欢笑或是眼泪，说着说着就唱歌跳舞号啕大哭的也不是没有，虽然疯癫，但我看着，却格外鲜活纯粹。

我那些不成熟的爱情和平日里的流氓行径，两天就说完了，没劲。

我在云南学会了骑摩托车。

那时候我已经是个老油条，把头发咔嚓一剪再拿推子滋拉一推，少数民族的痞气学得特别足。

我骑着摩托车，走遍了上关下关，看遍了苍山洱海。每到夜里，我们一行人聚上，就去车行骑了车出来，往所有人都没去过的偏僻地方骑。

小嘉还是那个小嘉，他会在我风驰电掣的时候在我身旁，用浑厚的、圆润的声音喊："走在路上，放声歌唱，大风刮过山岗，上面是无边的天空。"

不知道怎么的，我这个天字第一号俗人，听着觉得内心感动。

洱海深处，星星真美啊。

4

那是在我短暂无趣的人生里，最为热闹的一个月了。

我每天和那群人，往街上一坐，架起琴当街就卖唱，赚了钱就喝酒；我们在巷子里奔跑，骑了车狂叫，太阳落山的时候，再上市场买一把菜；我们夜里碰头在烧烤摊，啤酒、果酒、烧酒、中南海、大前门、南京，甚至是当地人做的卷烟，抽一口，人就呛得背过气去。

那阵子我似乎是一直在笑，那快乐是特别肤浅，但是特别真实的快乐。

每次狂欢以后的夜里，在独自回去的路上，或是躺在只有我自己的床上时，我就品着寡味的烟，一点一点回忆着热闹的细节。

细节最后会告诉我，我可以从这里得到什么。

关于我未来应该成为什么样的人，关于我内心最想去的是怎样的地方，关于我的人生，应该怎样一步一步继续下去。

微醺时一切都很模糊，但迷雾森林多么迷人啊，我闭着眼在里面走，被包裹，也被指引。

我开始明白，小嘉那破诗人，每次在我旁边念叨的"而一切的开始都是不经意的……"这句话的意思了；也开始明白，每当我们快乐到快要昏厥的时候，他摸摸我的头发，在我耳边说"可我们终归无法尽兴而归"时那份安宁的眼神意味着什么。

人生如此，执着于百年，不如执着于此刻。

我记得在每一个微醺的夜晚，我们找到最深处的浅滩，脱了鞋拨开草丛钻进去，往下一躺就是床的时候。我记得我躺在满是小石头的浅滩上看天空，看了很久很久，看到睡着，又醒过来。

醒来之后，我看着漫天繁星，决定一个人往南边走走。

我去了南方的海岛，找了一个海边的渔村住了一些日子。

渔村的人民淳朴，他们出海打渔，靠天保平安，靠海供温饱，每个人都虔诚而且单纯。我租住在一对夫妇靠海的独栋屋子里，租金便宜，一天一百，还附带了每天早餐的面包牛奶和晚餐的甜美海鲜。

每日我醒来时便已经过去了半个上午，吃过家中幼女摆在屋里的早餐以后，我从房子后面的楼梯下去，就是海滩。我带着书或者手机坐在海边，一坐就是一日。

日落美绝，涨潮汹涌，夜深时，海是暖的，而天上星星明亮。

我有时会在日落时跳进大海游上一阵，水面染上光的颜色，像是飘着一层斑斓的荧光浮游生物。我拨开光，往更深处去，几乎以为更深处能有天堂。

那些日子使我变得安宁，我的眼神里逐渐有了小嘉眼睛里有的那份东西。我一直记得他坐在火车硬座的座位上，歪着头看书的模样，我找来惠特曼的《草叶集》，搁在身边一遍一遍地读，我听见诗人在我耳边说：我发现自己所拥有的、所失去的、恶名、弱点、罪孽，并不如我想象之中那般重要，我想象着置身于墨西哥海、曼纳哈塔、内陆或是遥远的北方，在海岸，在湖区，在密林，在田野，当一个捕鱼人、摆渡者、伐木工或是种田人，无论生活在哪里，我对未知的事物都能泰然处之。像林木和野兽那样，直面黑暗、风暴、饥馑、嘲笑、艰险和冷漠。

我好像有了一些变化，我好像不再是那个只懂情爱的女流氓了。

我开始辗转各地去旅行。

5

我在那个贩卖情怀已经过头的丽江认识了一位音乐人，他绕过吉他断了的那根弦弹琴，声音很低，眼睛里是森林里的小鹿一样的清澈见底。

后来他去了扬州。

于是我背着书包，也去到那个被水包围的小镇上，听他唱了一整夜的歌。

我坐在他斜前方，喝了一瓶酒，没有说话。

他和我打招呼，说，你来了啊。

我说，是啊，听说你在这里，我就来了。

我去了吴侬软语的苏州，我听说那里的姑娘，声音软糯，笑起来酒窝里有蜜糖。

我蹲在老竣驰的摊前吃了两小时卤鸡爪，那一天我和父母吵架，他们干涉我的人生想让我回家，毕业了谈场恋爱找个人嫁了。

我又想起了从前的女流氓。

那个时候，她可不觉得，除了和所有人一样，这人生还有什么办法。

老竣驰摸了摸我的头发，和我说她年轻时也有及腰长发，有个男人对她好，然后她就嫁给他了。

每个人的人生都不太一样，竣驰说，男人过世的时候，他们的孩子，还未满十八岁。

后来我去拉萨，我坐了整整两夜的火车，从雪山顶上的白开始，了解了这个地方。

整整两个月的时间里，在所有热烈的白日或冷寂的深夜，我一步一步，走遍了所有的大街小巷。

我在大昭寺度过了一个一个无所谓的下午，我背对着阳光，在磕长头的各位身后，漫无边际地遐想。

中秋那天我和朋友们驱车至羊湖过夜，我期待着看见月光下皎洁的圣湖，于是高处刺骨的冷，也捱了下来。可月亮被云层挡住了，天上下起暴雨的时候，我蹲在车旁，内心宁静。

在这样的冰冷里，我吃了一块蛋黄莲蓉馅的月饼，很凉，很甜。

我认识了许多人，萍水相逢不再见，或是山高水远千里相约。我逐渐习惯不再进行那些多余的寒暄，分别时也不摆酒设宴话轮三圈。我开始学着花臂大哥说，你来，我请你喝酒，你走，我为你送行。而我们没有说出口的一句句话，都化在酒里。

正如同我们从来不说好久不见，我们也从来不说后会有期。

就把一切都交给时间吧，反正人生这样长，所有我们的计划，也终究会变成无妄。

6

我和小嘉再也没有见过面。

最后一次联系到他的时候，是我再回到喜洲那年，我坐在我们从前躺着看星星的浅滩上给他发了一条短信，我说：好久未见，喜洲没变，那你呢？

醒来之后，我看见手机里有他回的消息，他说：喜洲没变，你我也一如从前。人生如此，不止人间情爱，还要看花看海。

我看着，觉得很是窝心。

我不知道，他想起我的时候，会不会有那么一些成就感。但反正我每次想起他，都觉得，有骨气的诗人果然不一样。

连我这种顽石，也是磕一磕就能化。

我听说小嘉回到了成都，过起了满口瓜娃子，满嘴加缪子的生活。听说他卖了心爱的摩托了，报了珠穆朗玛的登山团，为了让身体素质过关，他长胖了十几斤。

也好，从前他太瘦了。

后来我再也没有见过他，我想人生啊，缘来缘往，该见的总会见的，不必去特意安排和寻找什么。我以为当我再次回到成都的时候，在宽窄巷子里的小酒馆，能够看见他从雕花窗户外伸出头来，咧嘴冲我笑。

可是他没有来。

我见过美丽的风景，也遇到过有趣的灵魂，有过忽然动情的时候，也在偶然间遇见我的爱人，然而我，却再也没有见过小嘉了。

我想他大概终于登上了珠穆朗玛吧，他心中有佛，一定会得到来自信仰的慰藉。

而我呢，我看花看海，看看人间情爱。

我不等他。

你也可以试着，一个人吃饭和睡觉

1

一个人上海底捞吃火锅，服务员会搁个玩偶陪你这事儿在微博上红了以后，我的朋友圈里冲进火锅店亲身验证的，不在少数。

他们说，一个人吃火锅是九级孤独，十级是一个人做手术。

阿清一个人吃过火锅回来之后，往沙发上一躺，满脸崩溃地和我说："你可别一个人去了，我和那只 KITTY 猫，仿佛成了海底捞里的猴，来来往往人那么多，就没谁不面带微笑看一眼我的。"

"一个人吃饭可真是太可怕的事了。"

无法一个人做一些事这个坏习惯好像是从初中就延续下来的，那时候它的表现形式是，姑娘们成群结队去厕所，男孩们呼朋唤友下课后。我们吃吃喝喝玩玩闹闹都搁在一起，仿佛人生已经不需要独自一人的生活。

后来我们终于毕业成年了，混迹在社会里，各个是强人模样。当一个人上厕所不再是事儿，这时候，不能一个人做的事，成为了吃饭和睡觉。

我的朋友圈里，常年充斥着各种约饭约逛街的朋友，有一些极端分子甚至已经到了，没人陪的时候不吃饭的地步。我的室友阿清就和我说过："吃饭是一件有仪式感的事，一个人孤独进食，那不叫晚餐，那叫填鸭。"

我抱着泡面，一双眼睛胶着在眼前的电视剧里，无暇顾及她一副

“你就是那只可怜的鸭”的表情。

另一部分人，他们则表现得极度害怕一个人的夜晚。

每天夜里都要呼朋唤友去玩乐，熬到凌晨才肯入眠的是这群人；难以忍受独自一人的寂寞时间，而不断辗转在各段恋情之中的是这群人；常年晚睡晚起，甚至要靠酒精和药物维持短暂睡眠的，也是这群人。

他们张扬地出入生活，无论好坏，身边总要有人陪。

阿清和我说，对于害怕孤独的人来说，陪伴是令人好好活着的，必不可少的刚需。

我吃着泡得过软的泡面，没有多说什么。

却在心里觉得：我们总要试着一个人吃饭和睡觉，去过一个人的生活。

2

我第一次意识到自我，是在一个孤独的夜里。

那是我整个大学时代的最后一天。

室友们早就一个个离开了寝室，飞往各地。整个南区女寝的二楼，除了走廊上堆满的垃圾之外，空无一人。我买了啤酒和烤串，一个人看着电视剧，等待着天亮的到来。

夜晚难以想象的长，直到我把全部的剧集都看过以后，远方的天还是寂静一片。我开了门，搬了把椅子到走廊上，坐着吹风和听歌。

我回忆起整个被我虚度的大学生活，四年短暂，如一场梦。

又想起很多更早毕业的朋友们，如今他们大多都做着自己不太喜欢的工作，身心俱疲勉强度日。而当我们还没走向社会，酒杯相碰时的豪言壮语，也不再被任何人提起。

直到东边的天空泛白，我终于明白，那雷同的日子不是我所要的，比起来体面而忙碌，我更想要的，其实是自我而快乐。

我并不是觉得那样的一个夜晚给我带来了多大改变，事实上，我还是和喝多的时候一样，在放肆和懦弱之间游走，在不顾一切和按部就班之间徘徊，我没有改头换面，变得多么果决，我仍旧不够精彩。

但是，那样的一个独自一人的夜晚，把我的生活至少撕开了一个口子，我从中窥探，看见了更多世界之外的世界。

3

你们知道，无论我们是否愿意，人一生之中总有这样的时刻，我们会离开狂欢的广场，踏上属于自己的那条岔路口。

有许多人融入群体之中，以身心拒绝着孤独。他们追随在狂欢的人群之后，喜怒都和众人毫无不同。他们大多时候快乐，偶尔愤怒，以尖锐的情绪和雷同的言语行使自己热爱或者暴力的权利，他们逐渐地长成了一个样子。

我看见我身边有一些人逐渐成为社会大机器中这样的一部分。

他们找到了还算不错的工作，每个月除去租房和生活的费用，幸运时能略有盈余。他们在早晚高峰时堵在路上，把玩着自己的手机。刷微博热点，看微信爆文，玩被朋友圈刷屏的那个游戏。他们周末聚会狂欢挥洒精力，工作日的时候顶着黑眼圈上班，每一个人都在执行，至于执行的目的和执行的原因，也没有多少人在意。

他们簇拥着，在网络上发表着自己的政见。既不满人民，又怒斥政府，键盘敲击的声音清脆而且利落，每一个人吃着泡面看着综艺，在喜欢的明星下面呼喊打气，在社会热点出现的时候倾泻负面情绪。

人们是被操控的，因为他们关注热闹的，遗忘萧条的；他们唾弃自己无法达到或是无法接受的，热烈拥抱那些虚幻的和人为制造的。

我不愿意成为这种人，所以在经过很长时间的自我认识之后，我选择独自一人。

后来，我终于学会，适度这个词。

适度地关注自我之外的事物，适度地为金钱而工作，适度地发表意见，以及适度地，把时间留给自己。

一个人吃饭和睡觉也并不是一件多么难的事情。

我逐渐开始试着去享受，那些睡前消磨在半本书上的时间，为自己做一道菜的时间，一个人看着电视剧，吃晚餐的时间。我发很久的呆，幻想着每一种日子在我身上的样子，我想象我是个诗人，是个农民，是个主妇，是个梦境。

我逐渐地，抛弃许多干扰我的因素，离开许多影响我的人，而在更多的属于自己的时间中，对生活进行多种尝试。最终我往自己期望的方向走去，即便这路途漫长，而我，无人同行。

习惯了独自一人之后，我才发现，人在群体之中，其实很容易丧失自我。

我们跟随群体的步伐，在一种假性的热闹之中度过一日又一日的时间。没有人会提醒你日子消逝得有多么快，也没有人会在意，那些逝去的日子里，以群体为基础活动的我们，到底做了些什么。

我们吃饭、喝酒、玩乐、恋爱，在这种浪漫的消磨之中不自知地损耗着自己，很久之后意识到时，早已经是无法回头的局面。

阿清和我说："可是一个人的时候，真的觉得要死了。"

真的吗？

可只是加了一只玩偶在身边，就能够忍受一个人吃火锅的乏味，这是不是说明，在我们的眼中，可怕得像是要死了的事情，其实也不是那么难以接受。

4

你总不能将余生都寄托在群体身上。

你们快乐或者悲伤，高歌或者呐喊，你们挥舞着旗帜往前路跑去，或是随波逐流地将自己安置在城市里，时间在不断过去，怎样都是一生。

但我们总该，对这难得一回的人生，有些自我而独特的期待才是。

你还是可以试一试，一个人吃饭和睡觉。

早起逗逗猫，在明亮的厨房里吃一些面包，晒晒清晨的阳光，把自己放进自己的岛。所有的难熬和寂寞，我们都可以不要。反而人生，或许会因为自己的思考，而长久地变得更好。

虽然是群居动物，可我们也还是需要自己的时间。

就好像所有成列往南的鸟，都该有离群独自享受天空的时候。

这天空多美啊，如同你我的人生一样。

找不着北，就到南楼来

1

离开海岛的前一天，我去了南楼。

坐着摇摇晃晃的7路车，昏昏欲睡半小时之后，到河边的港门村下。进社区，右转弯，路过一家肉夹馍摊子，往旁边的楼梯走下。

信号忽闪，几乎没有信号。

灯光昏暗，几近没有灯光。

南楼在那样的一个地方。

那个声音温柔，拥抱的时候会拍拍你后背的中年人阿Miu不在，我看见了店长夏天。夏天她一面招呼着各路朋友，一面隔着人群冲我招手，京，你来啦。

我来了。

南楼是我在这座海岛，最舍不得的乌托邦。

每一个月，有很多歌手候鸟迁徙一般地，来到这个最南端的城市，落一落脚，唱一夜歌，次日就走。而蜂拥而来的我们，就如同奔赴圣山的信徒一般，将汗水和尖叫洒在南楼干燥的水泥地面上。

那时候我还不知道什么是自由，他们就已经高喊着一切为了自由。

那时候我还找不到属于我的解药，他们就已经告诉我，音乐和酒才是解药。

我像是一个误入结界的少女，被这个地下的世界，教会了人生为何。

直到有一天我也能微笑着对另外的少女说，找不着北，就到南楼来。

2

南楼是这座城市里唯一的 Livehouse。

在年轻的城市还在为了拉拢游客而极尽所能地搔首弄姿的时候，就已经有这样一个地方，连招牌都没有，隐藏在地下一层，夜里营业，凌晨打烊，宛若一场深夜姑娘的梦境，更多的像是一个巧妙的秘密。

真正去到南楼之前，我已经听说过他很多次，每一回这个酒吧的名字掠过耳边的时候，我都觉得心底有些微的触动，我想去的。可那时候，我 19 岁，沉迷于兼职场合的低廉时薪，奔忙在各场展会不遗余力地制造着忙碌而向上的假象。其实我不过是想赚钱，赚到钱，好买镜头和脚架，好去喝酒和旅行。

朋友和我说，就当这是一场休息，不如我们去南楼看一看。

后来我再想起那天在操场散步时他说的这句话，觉得缘一字之妙，不可言。

那一天的演出呈现者，是一名并不知名的民谣歌手。坐在公交车上的时候，我们草草补了几首他的音乐，大量的民族乐器混合其中，散漫的曲调里有一种难述的诗意。

我们要了两杯据说是招牌的长岛，坐在距离舞台最远的角落里，听着诗人低语般散漫的语调透过话筒传来。不断地有人推开厚重的门坐在吧台，跟店员老板热烈拥抱和击掌，要一杯酒，饮尽时把成人面具扔在地上。

朋友说，他们在他们的世界里，我们看着演出，被隔绝在外面，进不去。

我也学吧台的男人仰头饮尽那杯，是呀，但来日方长，总有办法。

3

阿怪来南楼演出的时候，我正好在为网易写稿子。

那时候我的编辑说，这个音乐人很好，你去采访采访他。我点了头，提了包便往南楼冲去。朋友笑话说我是个心机鬼，怕不是真心想采访阿怪，只是想，闯进南楼罢了。

我坐在公交车一路颠簸，慌忙地往嘴上擦着深色口红，白她一眼，却是嘴角带笑的。

我好奇南楼，好奇那个每每在夜深时才苏醒的圈子，他们饮酒作乐，在暴躁的音乐声中欢呼和摇头，他们真正地，接近自由。

我想要接近他们，这是由身体内部延伸出来的好奇与渴望，如同我爱自由那样。

阿怪光头锃亮，胡子老长，戴着个黑色墨镜往台上一坐，便开始唱歌，我和夏天在台下喝酒，笑说他，如同一尊俗世中的佛。

我和他聊得很好，朋克外表下的瓶中怪，其实有着腼腆而通透的灵魂。他告诉我，人这一生，除了此刻，并无其他。

若是此刻都不快乐，便是一生都不快乐。

我回想起在那之前，我为了喝酒旅行，而日日夜夜将时间消磨在各种廉价的兼职之中，觉得自己仿佛做了本末倒置的事。

而阿怪饮着他那杯柠檬水，声音平静如湖面，他说，你要去做每一件，让你开心的事。

这话，我听进去了。

不久之后，我停了那些消耗时间的兼职，开始试着，更多地写一些文章。有一部分四处投稿，多少能换回一些潜心写稿，赚些多少能填饱肚子的稿费，再拿那些空余的时间，来做一些无用的尝试。

我逐渐接近自我，逐渐变得快乐，皆因为那一次，阿怪随口而言的几句话而已。

4

几场后半夜的醉酒后，我和南楼成为了朋友。

我们时常在演出结束后，人流散尽时聚在一起。酒吧里音乐吵闹，舞池中全是放空的自己人。我们彻夜喝酒，说些白日里难说出口的爱与自由；我们烟酒不离手，仿佛是饮下了利剑，手持着盾牌，便再无什么重重顾虑。

那时我已经 21 岁，在我人生的前二十年中，从来没有过那样的时候。每一个夜晚，地面以上万籁俱寂的时候，我们在地下，谈论梦想，远方，生命来往的迹象。

原来在南方的海岛，有一群人在这样生活啊。

我那时想。

所有的闭口不谈的梦境都冲出了身体，我在大家酒醉后的荒唐话里，一点一点，开始觉醒。我逐渐明白，生命无常，执着于名利不如成全自己，而人来人往，我们首先应该要学会的，便是对诸事尽不在意。

人生短暂，须臾而已。且让一切，都随风去。

醉酒后的夏天是个诗人。

我经常看见喝多了的她，一手点着烟，一手捧着长岛，半闭着眼睛趴在吧台上。我走过去，她就拉住我，和我说，京，既然来到这里，你要玩得开心。

我知道她说的不只是南楼，更是这场人生。

我抱住她，小声地说，我知道了。

我是真的知道了，从夏天夜夜的胡话，从阿怪稳如湖面的声音里；从地下彻夜的热闹非凡，从地面的井然有序和荒唐不经里。

我终于参透了这场人生游戏的玩法，我终于明白如何才能尽兴而归。

而一切的起始均是漫不经心的，这仅仅是因为，有一天，我慌忙地，踏入了这片土地。

5

离开海岛的前一天，我去了南楼。

南楼的长岛素来有毒，向来是撂倒了东北大汉，再撂倒内蒙古小哥；撂倒了店长姐姐，再撂倒野生少年。一如往常，两杯酒下去，我也醉了。

打烊的时候，夏天和我说要带我去下一场，当为我饯行。于是我们遣散了店员锁好了店门，坐在门口的台阶上，守着一箱酒，等一群人。

我们开车去了海边。

车里音乐躁动，海风从左车窗进来，右车窗出去，大得要把妆刮飞。我们绕过了很多圈的盘山公路，最后停留在沙滩旁边。

沙滩旁有树，朋友们把酒歪七扭八地摆在卧倒的树干上，人躺倒在沙上，颇有兴致的样子。海滩旁没有路灯，光线沿着远处沙滩上的篝火传来。我们停好车，打开车灯，大放音乐，灌了口啤酒便开始跳舞。

再也没有那样的夜晚了。

一起玩闹的人很多，有文身师、摄影师、酒吧老板，和我这样的少女。我们玩在一起，丝毫没有隔阂，却又互不相同。

我们喝着各种牌子的啤酒，各种烟混着抽，我们尖叫着跳舞，大笑着唱歌。他们丢掉我递过去的香烟嘲笑着说毫无味道的时候，也摸着我的头告诉我，人活一生，快乐就好。

后来的那么多年里，我一直记着这句话：快乐就好。

人生如此，不如做一些，喜欢的事。

凌晨六点时，酒没了。后来烟也没了，手机关机，直到远处的篝火也都灭了。我们爬上车，慢悠悠地往回走。

盘山公路那么长，我们绕啊绕啊绕，就好像人生那么长，我们走啊走啊走。

一整个人生和一整个夜晚是一样的。

那一刻，我这么觉得。

6

天亮之后，我提着行李去了机场，便再也没有回过南楼。

我去了很多地方，东南亚的热带海岛，或是夜不下来的都市。我在每个地方生活一阵子，认识一群人，再道别那群人。

我觉得人生挺好。

后来我遇见了一个人，那个人问我，人到底为了什么活。

我告诉他，在你想死的时候，让你打消念头的这个东西，支撑你活着。

说出这句话的时候，我想起那个海边的夜晚，想起了无数个南楼的黎明。我们喝酒歌唱，用最热烈的言语描述自由与梦想，我们高呼音乐和酒才是解药，然后醉倒在整片的日出里。

那是我的一生中，最为重要的时光之一。

离开南楼的日子里，我靠着这种思想的延续，继续我的生活。

后来我时常想起南楼，想起它们的介绍地图上，总有那么一句话说：找不着北，就到南楼来；想起笑得眯起了双眼的老板阿 Miu，他拍着我的肩膀说：不如你来我们这儿工作。

那时我临毕业，难以分身，便拒绝了。

但我想，重逢容易，来日方长。

找不着北的话，就去南楼吧。

那是地底下，那群年轻人的乌托邦。

人生的一千种可能性之一

1

6 月将离校的时候，寝室对各自未来的生活这个话题，进行了一次深夜话谈。

室友 A 希望从事与专业对口的工作，室友 B 决定回到家乡安分度日，室友 C 为自己拿到的国企 offer 而感到得意，唯独我一个人，较为格格不入地同他们说：“也许我会做一个自由撰稿人。”

室友 C 说，真羡慕你，可我除了进入国企，没有别的出路。

室友 B 说，我们家族传统，我只能回去。

室友 A 说，说实话专业毕竟学了四年，除了这个，我不知道还能做什么。

她们语气落寞，神情难过，这其间，却带了一些自我安慰式的、无能为力的味道。

其实很多时候我不明白，为什么在那么多人的眼睛里，人生是一件这样雷同而简单的东西。仿佛我们九年义务教育之后，奔赴一线城市或者回到家乡，拼命奋斗几年或者闲散度过几年，再恋爱结婚，相夫教子，平淡一生，就已经是足够完满了。

而差别也只是在，更富裕或更贫穷。

可人生分明不是这样的，如同世界，远比我们想象之中广阔。

2

20 岁那一年，我在西藏度过了整个夏天。

在那里，我认识了一个朋友。

男孩已经不年轻，带着一只从越南捡回来的狗旅行，那已经是他第八次入藏。

初次见面的时候，我们寻找对方费了很多周折，八廓街的巷子弯弯绕绕，跟着高德地图找一家苍蝇面馆的我，几乎焦头烂额。他和朋友们早早就在面店等我，浇了红油的牛肉面拥挤着摆在小桌上，令人垂涎。

肥虫和我一样是福建人，早年间做过许多工作，卖过体力也卖过脑子，后来在厦门开了店，也有鼎盛时期，也赔过些钱。再之后，他开始旅行。

他先是骑着摩托车去了东南亚，一个国家接一个地跑，后来，在越南会安捡了只小奶狗，便带上小奶狗开始旅行。我认识肥虫的时候，他开着辆破车，绕着中国跑了一整圈，吃住都在车里。

那只小奶狗已经长大，名叫双喜，亭亭玉立。

吃过饭后，我们一行去了肥虫朋友的店里，取一些明信片。这几年在路上，肥虫做了个公众号记录生活，因为行文有趣，经历独特，关注者众多。这回这些明信片，便是要取了寄给那些读者的。

“其实也没那么清高，接广告啊卖卖货，毕竟也要生活。”摆弄着明信片，肥虫和我们说。他旅行的时候，在哪个地方发现了一些好玩的玩意，就会往公众号上放着卖，既满足了读者的购物欲，还能赚上些代购费，“互联网时代的摆地摊儿，懂吧”。他笑笑，眉眼柔和。

一个差不多年纪的人，没有稳定的工作，没有稳定的房产和姑娘，看起来难免不够安稳。可我们总是忽略了更为关键的问题：到底何为安稳?

我以前听过一句话，说是心安处便是人生，大概是我以为的，对安稳最好的解释了。无论是蜗居一隅或仗剑天涯，何处是心安，便是正确的活法。

于肥虫如此，于我们，又何尝不是呢?

前几天，我听肥虫说，马上要开始一段长途自驾的旅行。照例是带着小双喜，从西藏开始，穿过漫长的无人区，穿过戈壁与荒漠，去新疆，去内蒙古，去俄罗斯，年末了，再回福建过个年。

“其实生活在路上，也不是多厉害或者困难的事。”我想起第一次见到肥虫的时候，他这么和我说，“只是很多人把这样的想法，早早扼杀在还未被框住的童年时期了。”

“人生嘛，不是开心就好吗？”

3

“是啊，反正我们这一辈子，须臾几十载，于历史的长河中，不值一提。”

同我说这话的人，是个姑娘，名字叫作阿鹿，和我一般大。

认识她的那一天丽江下着大雨，我裹着头巾，透过夜晚的喧闹和人潮拥挤第一次看见她。她穿一条白色长裙，外面裹了个黑色的披风，帽檐儿很大，支着伞柄，笑得狡黠，像是个女巫。

她坐在我对面的路边台阶上写诗。

我一下没有忍住，便上去搭讪了。

那一年阿鹿还未满 20 岁，扛着吉他，带着相机和画笔，退了学，来到了丽江。

那时候的丽江已经不太好了，和所有人一样，我不明白她为什么过来久住。她低着头笑，声音里有烟的味道，丽江还是那个丽江，只不过你们不再是当初的人罢了。

她带我去了一间名叫“江湖”的客栈。客栈里住了一群人，有一路流浪过来的民谣歌手，有远行才归的徒步者，有还未成年就离家出走的男孩，也有出版了十余本书的作家。他们都太强烈了，不同的风格撞在一起，融合出避难所般的暖意。

阿鹿说，她是个艺术家。

那时她和自己的一些朋友一起，在做一个名字叫“野”的品牌，他们拍了很多册子，发行了很多周边，甚至写了几首歌来唱。

“人生原本就应该是这样，自由，原始，野蛮。”阿鹿摆弄着烟盒，面带不屑，“那么多的规则和桎梏，都是错的，全部。”

她弹琴给我听，低吟浅唱之间，是一些难以说清的无力。

“这条路可能会很难，也很远。”她和我说，“但我们不做不行的，京。”

认识阿鹿的那一年，我大学二年级，还在不断地摸索之中认识自己。我逐渐地意识到，可能我需要的不是多么辉煌的光环，多么傲人的成就，我想亲近这个世界，被规则束缚之外的那一部分。

那个时候，我开始进行多段琐碎的旅行，在旅途中经历一些故事，从中得到一些关于生命的讯息。

那个时候，阿鹿短暂地，出现在我的生活里。

后来我离开了丽江，直到很久之后，才再次见到她。

那几年，她游走在海岛和沙漠之间，经过了很多城市和村庄。她剃了光头，穿黑色的袍子，赤脚奔跑在甘肃热烈又荒芜的土地上，回头笑的时候，像男孩子一样的爽朗。

她们的摄影集开始发行，卖得不错，自己设计的衣服也是。

我看着她，胡闹一般的生活，却弹琴歌唱，摄影画画，将从前扣在她们脑袋上怎么也摘不下来的“非主流”这样的词，逐渐地转变为“先锋”和“新锐”，我看见这些，如同看见她多年如一日的自由那样，打心底里觉得高兴。

很久以后的某一天，在上海，我和阿鹿又见了一面。

她还是那样，多动，爱闹，笑起来放肆而狡黠，仿佛什么时间啊经历啊，在她身上没有任何痕迹。

我们约在武康路的酒吧喝酒，我迟到了一会儿，进门时被她一瓶啤酒拦住，要我当众扒拉着门跳钢管才允许进。说笑打闹间，好像又回到了那个叫江湖的客栈里，所有的规则都被打破，没有一处受限。

她和我说，挺好的，人生就应当这样自由。

我点点头，觉得不能够更加赞同。

那一年，我们21岁。刚摆脱应试教育，即将把自己砸向社会的牢笼。而她将眼睛藏在偌大帽檐之下，早已经是洞悉一切的模样。

“我不上学，不工作，不伟大，没有关系。”她笑起来，“人生总有取舍，我选择自由。”

那就敬这自由人生吧。

4

我想起前些天，我去的那趟旅行。

旅行是机缘巧合得来的，那阵子参加了旅行体验师的活动，碰巧被选上，于是便和同样的几名体验师一起，被送往巴厘岛。

同行的男孩子名字叫作不二，二十来岁，皮肤黝黑，是一位职业旅行家。

大学时，他休学，拿着积蓄一路坐火车，从国内去了欧洲。整整三个月的时间，他一直在路上。这场旷日持久的旅行，他拍了照片，留下了文字，成为了之后更好地继续自己旅行人生的一个重要砝码。

后来他又花了三个月的时间，环游了东南亚，在海边生活，学习冲浪和潜水；再后来，我认识他之后，他已经是一名职业旅行体验师，工作的内容便是，旅行。

而从前，我其实并不知道，有一个这样的职业存在。

在途中的那段日子，我们几个人一起去了许多地方。

和我拿着手机自拍杆就出门的闲散状态不同，不二每次都背着满满一背包的器材出门。航拍器、运动相机、单反、拍立得……所有人都在玩乐的时候，他一个人扒拉着包摆弄机器，忙着拍摄视频和照片；夜里到了住处，朋友们音乐一开，啤酒一倒，就开始狂欢。唯独他一个人一张张内存卡往电脑里导，分类整理。

那模样在我眼里，甚至有一些滑稽。

可他说，每一段旅行，都得留下足够的素材，制作出漂亮的作品，他才能够继续走下去。

其实不轻松的。

所有人都在闹，唯独他兢兢业业，勤勤恳恳。都是爱玩的人，我看着他满脸认真的模样，甚至问不太出那句：你尽兴吗？

即便从他娴熟且不动声色的模样看来，他早已经习惯这种节奏。

不二一路已经去了五六十个国家，他和很多大企业合作，做出来一个又一个优秀的片子，受邀参加各种星光熠熠的活动，他还会继续走下去，在这样一个，有人仍旧迷茫无措，有人将要麻木不仁的年纪。

聊天的时候，我们笑话他，活得太过商业。

可他摆弄着手机，语气轻描淡写：开飞机不要钱呐，学跳伞不要钱呐，住酒店不要钱吗，学潜水不要钱吗。世界上好玩的东西那么多，不拼命去做怎么行啊。

他字字理所应当，倒显得我们过分讲究。

可不是嘛，喜欢的事情就要去做。说起职业，又不是只有医生、老师、公务员，二十来岁，容错率多高的一个年纪啊，这时都不去做自己想要做的事，难道等到70岁再试吗?

我不要，我要最尽兴和最快乐。

5

后来我终于成了一名自由撰稿人，每天在云南的小镇醒来，推开窗户就是洱海。我才终于明白，阿鹿说的那句话，“须臾几十载，于历史的长河中，不值一提”的真正意义。

她是在说，人生漫长，我只需要取悦我自己。

这个世界给年轻人的规矩太多了，堆砌在一旁，比踩着高跟鞋的姑娘还高。

我们既要知足常乐，又要野心勃勃；既要安分守己，又要出其不意；既要清纯可心，又要情场撩人；既要淡泊名利，又要中产阶级。

我们疲于奔命，却做不到其中千分之一。

倒不如，只专注爱自己。

后来的那些年，我在路上遇见了成百上千个有趣的人，他们各有各的活法，各有各的追求，在自己的人生路上撒欢了跑，分秒钟都觉得过瘾。

他们让我知道，这个世界上，有千万种人生存在，而我们，是手里握有选择权的人。

你想成为什么样子，便可以成为什么样子。

我们，全都是那独一无二的千万种可能性之一。

我的意思是，你不能永远指望“生活在别处”

1

我认识秋子的时候，她在世纪大道的星巴克里做咖啡师傅。

那是她来到上海的第三个月。

她第一次来到上海的时候，是四个月前，为了参加大学室友的婚礼。心情好，喝醉了，一个人骑着共享单车，穿过了一条条种满法国梧桐树的街道。她告诉我，和上海比起来，厦门实在太懒散，也太静默了。

真想留下来啊。

于是回了厦门，辞了工作，退了房子，拎着猫和背包，她就来了。

她说，我爱上海，是爱它彻夜不眠的繁华。

武康路的酒吧里，永远有人拿着啤酒高谈阔论；乌鲁木齐路上的羊蝎子，再晚都人声鼎沸；周末的外滩和南京东路，导游举着小旗子，源源不断的游客涌进来。

很炸，也很不寂寞。

她说，我来到这里，不为别的，只想寻找生活。

彼时我还是个满脑子风花雪月诗和远方的文艺青年，我羡慕的，无非是说走就走的旅行和奋不顾身的爱情。我听着秋子和我说“远方不远，生活就在那里”的时候，觉得内心澎湃，几乎要热泪盈眶。

2

我在微博上关注了太多旅行博主，他们每个星期去一座全新的城市，每三天说一次浪迹天涯的鸡汤，每一天放一回九宫格的风景照。

我指着手机对所有人说，这就是我想要的日子。

6 月来临，我拿着毕业证拖着行李箱滚出了校园，浦东机场睡过一夜后，我到了西南最高的地方，拉萨。

我终于离开了上海，离开了嘈杂的城市和永远拥挤的 2 号线，离开了疯涨的房价和满街疲劳的便利店。我以为我再也不用忍受格格不入的痛苦，再也不用逼迫自己学着附和与奉承，那个城市连孩子都带着世俗的气息，赶也赶不走。

我以为大美人间日照金山的辉煌，珠穆朗玛圣山圣水的纯洁，会是我最终的归宿。

可是我错了。

藏地炎热干燥，酥油茶和糌粑吃不饱我这汉人胃，四五千米的高原让我跑不开，也睡不着。我听说大昭寺广场圣光普照，会保佑每日转经的人们。

于是我日日早起，跟随人群一圈一圈走在转经道上，远方的人们来此处朝圣，三步一个长头，眼神中俱是信仰的光。

可我不懂，我喝着甜茶百无聊赖，大昭寺广场前的日光再虔诚，却也只是令我感到炎热。

3

客栈的老板是位老藏漂，十来年前从川地来了这里，便再也没有走。他说其实也不知道喜欢拉萨什么，就是习惯了每天坐在路边喝几口茶，和附近的朋友打打麻将，不急不躁无欲无求的生活。每一年开半年店，剩下的半年，东南亚走一走，回一回家，觉得这么过一辈子挺好。

他问我，你呢？你来这里这么久，打算留下来吗？

我摇摇头，我想我的生活还是不在这里。

老板抽了口烟，同我说了个故事。

远处的圣山之上，每一年都会有许多朝圣转山的人。他们从各个国家各个地区来到这里，只是为了自己心中的信仰。也同样是每一年，在这转山的人中，总有那么一群老者。

他们身上披着厚厚的皮子，皮肤黝黑，皱纹刻在脸上，像是一道道疤，唯独一双眼睛，闪闪发亮。他们来到这里，转过了山，便死在山上。

这是他们的目的，也是他们对生活最后的期望。

他们终其一生，追随着自己的内心，把生命一点点刻成了自己想要的样子。

年轻人，你不能永远都指望，能在别处找到你的生活。其实你知道的，你找不到它，在你知道自己想要的生活是什么之前。

我没有说话，我的大脑一片混沌。我想要诗与远方，可我就在诗与远方里；我想要风花雪月，可我夜夜醉酒，情海中流连。

可生活不在此处啊，每一天，我都活得琐碎而难熬。

4

后来我去了西塘，一个水上的小镇。

我在河边的一家酒吧做酒保，夜夜听着驻唱歌手唱着民谣唱着摇滚，眼看着人来人往，人人不留。我以前一直以为，充满游客的古镇会是某一种人的归宿，也包括我。但直到真正在那里生活了一阵才知道，那种地方，从来都是用来道别的。

也许有人喜欢道别吧，喜欢冲着远去的背影笑言一句，有缘再见。

可我不是那种人。

我看着无数的生命走向我，穿过我，又离开我，而我仿佛只是一具容器，承载着他们的喜怒哀乐，心中破碎的感情，以及无处置放的梦境。

我活在日日夜夜的道别里，以为能够得到自我救赎，却不曾想，只是随人群下坠罢了。

秋子来西塘看我，她说她辞了职，换了住处，找了新的工作，酬劳不错。上海那么大，一个区和一个区完全不一样，一盏灯和一盏灯也完全不同。

但却是一样迷人，她说。

她把前几年存的积蓄都拿出来了，小小地投资了一家铺子，就在乌鲁木齐路上。她想着，自己再工作几年，存一些钱，以后也开一家铺子，在乌鲁木齐路上。

“我从来就喜欢这种繁华，以前却没有勇气，还好最后兜兜转转，还是找到了。”她喝着咖啡，眉眼柔和，“如果说生活在别处，我的别处就是上海的乌鲁木齐路。那你呢，别处是这家小酒吧吗？”

我摇摇头：“我不知道别处在哪里，但总归不是这里吧。”

“你渴望的日子是什么样的？”

“你知道哪里可以实现它？”

最后秋子说：“不如，你回一趟家？”

5

我当真回了家，带着满身风霜在学生时代的小房间里沉沉睡去。

家里长辈都挺欢喜我回去的，大伙儿在老院子里，聚着吃了几顿团圆饭。我发现这半年我去过的地方，我走过的路，都没有离开我。它们包裹着我，在我的身上留下一处一处的痕迹，却唯独没有成就我。

夏日的傍晚，村子里有萤火虫，我打着蒲扇，和家人躺在院子的贵妃椅上，一挥一挥。

我突然明白了，长辈们不愿意去感受大城市的热闹，其实是有原因的。眼前的安宁和愉悦，蒲扇在手中不紧不慢的弧度，皱纹里一路钻出来的笑意，才是他们真正想要的。

所有人都往经济中心跑，所有人都想分一杯羹，所有人都盲目，都失衡。

可智慧的人知道自己想要什么。

大学之后，我就很少回家，我换了一座又一座城市生活，妄想着自己心底里的那点追求和不甘心，会把我带到一个奇妙的地方。我见识了北上广的匆忙优雅，也见识了江南水城的迷人清爽，其实每一个地方，都是我梦想过的地方，每一个地方，却都留不住我。

可我其实，又能留住什么呢？

城市在我的身体里，而我一无所有。

我想起来住在拉萨的时候，那位大哥抽着烟说的话。他的声音沉稳而克制，满是年岁之后，万籁俱寂的平静。他说，年轻人，你不能永远都指望“生活在别处”。

是的，世界太大，我们会迷茫。

天子脚下的城市散发着权利的味道，外滩霓虹闪耀的建筑满是金钱堆砌，丽江夜夜笙歌的年轻人眼睛发亮，厦门鼓浪屿上人人吃面泡茶，面朝大海满嘴梦想。

人人心中都有远方，人人都厌恶现状，人人都从只言片语里窥探别人的生活，人人都扒开缝隙塞进残缺的自己。

谁都丢不下六便士，谁都想着要月亮。

谁都摔碎了镜子，看得见路却看不清自己。

6

后来，秋子当真开了那家店。她烫了姨太卷穿起小旗袍，在新上海过起了旧上海的小生活。

而我呢，我买下了家乡一处院子，种花种草，读诗写字。我扛起相机每年出去走几遭，拍一拍旅途拍一拍姑娘，内心安稳，面上逍遥。

我终于明白在到别处找寻生活之前，我们所需要的，既不是那一腔热血，也不是那点说走就走的勇气，而是对于自己想要的人生的清晰认识。

我的意思是，我们永远无法只是指望“生活在别处”。

其实别处一无所有，就如同远方一样。

我们只有真正明白自己内心的渴望，真正了解自己的梦想，真正对人生有了某种程度的规划，对生命有了某些方面的向往，我们才可以抛弃原有的日子，去到另一座城市。

我们才会找到生活，我们才可以将人生不中断地继续下去。

所有的旅途都是财富，但人生不能永远都在路上，除非你渴望的，便是一直在路上。

你要找的，不是远方，而是你愿意终其一生为其贡献自己的事业；

你要去的，也不是天下，而是可以实现你梦的那一处地方。

生活从来就不在别处，生活只在脚下。

辑二

你热爱的一切，生活都会给你

NI REAI DE YIQIE, SHENGHUO DOU HUI GEI NI

你热爱的一切，
生活都会给你

我第十七次离家出走的时候

1

我是在衡安路的一条岔路口上看见阿七的。

他躺在路边，一动不动，旁边是一辆和他一样躺倒的共享单车。

绿灯的时候，车流穿行，他的身影陷进车流中，令人看不真切。

我以为他死了。

说实话，他那副街边猝死模样也很难不让人多想。骑车经过之后，我着实在内心挣扎了十余秒，才打定心思停车，掉头，折返。虽然这城市间碰瓷儿事件层出不穷，但人活一场，实在是下不了狠心见死不救。

男孩子身上还穿着校服，书包被丢在了一米远的地方，他闭着眼，对我造成的动静充耳不闻。

“嗨！还活着吗？”我咽咽口水，提腿就踹了他一脚。

他没有反应。

“这位同学，”我蹲到他身旁，颇有些小心地推了推他，“哈喽？”

许久，他转过身来，睁着一双通红的眼，盯着我看。

男孩子皮肤干净，鼻子红红，眼角有泪。

“你还好吗？”

“我……”他低下头来，颓废地用袖子捂住脸，“我不好。”

阿七今年 17 岁，正读高二，他和我说，这是他第十七次离家出走了。

过去的三年里，他陆陆续续离家出走了十六次。而那些鸡毛蒜皮的原因加在一起，不过是父母的管教和孩子的意愿之间的冲突，这一次也丝毫不例外。

从前不断地对峙中积攒的怒气和拉低的耐心值，使得他的离开越发任性和理所当然。

这一次离家出走的原因，是他下课之后，和几个哥们儿上家附近的球场打球，兴起便忘了时间，到家时已经七点半。

妈妈把锅铲砸到他身上，一句“你给我滚”，便成功逼走了这个男孩。

阿七背着书包骑了车就往外冲，在外高桥附近晃了几圈，却无处可去，便随便找了个路口，席地而躺。

“其实不该走的，也没什么大事，不过是老妈发会儿脾气而已。”我俩并排坐在路边，男孩子清脆的声音响在我耳边，像是铃铛，“可是我真的很想逃开，这生活压得我喘不过气来。”

他用力环抱着自己，把头深深埋入手臂间，大口地呼吸：“我很想，很想逃离这生活。”

“为什么？”我问他。

“没有为什么。”

2

阿七的话很少，断断续续地讲述了自己的故事。

他喜欢运动，篮球打得特别好，是校队的队长。他早已经想好了自己的人生该怎么走，将文化课成绩保持在线上，努力成为一名优秀的体育生，高考后，到自己心心念念的北体大上学。

可他的家人希望他走的，是完全不同的另外一条人生路。

当地重理轻文，家人便希望他学理；当地时兴年轻人做公务员，家人便希望他考学；当地的男孩子都听从父母，他们为了面子，也不再准许阿七提出关于人生的任何异议。

阿七说，明明是我的人生，却像是他们的。

我陪着阿七在路边坐了整整三个小时，他偶尔说话，更多的时候是沉默。临走之前，他留下了我的联系方式，扶正了自行车，说是下次再见。

可后来我再也没有见过他。

阿七偶尔会给我发短信，大都是无意义的数字记录。他在短信里告诉我，日子越来越难熬了。

“姐姐，第十八次了。”

“姐姐，二十。”

他不断地在我这里细数着自己离家出走的次数，即便我们都不知道，短暂的逃离能够给他带来什么。每次收到他的短信后，我都会沉默很久，我在想，为什么 17 岁的他，本应该在最为热爱生活的年纪，却时刻想着逃离生活？

我想起来活在我记忆里的朋友，川。

在我们热烈喧嚣的青春期，川是唯一一个被冷漠浸透的局外人。他从来不参与男孩子充满汗臭味和荷尔蒙的小游戏，亦不在女生好好坏坏的感情中游离，甚至天一样大地压在我们身上的应试教育，他也毫不在意。

说实在话他看起来挺酷的，但我们谁也不喜欢他。

后来我出了车祸，挂着石膏拄着拐杖往返学校两个月，在这些动辄迟到的日子里，我和川一起站保卫室，反而达成了微妙的友谊。

川和我说，他只想要快点长大，好逃离这种生活。

那时候我还没心没肺地在家人和朋友的呵护中做些无伤大雅的小坏事，觉得日子快活得没边，我身边的朋友们也是。

我问他，为什么？

他说，不管是家庭，还是教育，还是社会，都只是想压制和锁住他，而不是释放他。本来是自由的人，却无法动弹，才想走。

川确实是这样做的。

他的背包里永远有换洗衣物和一大堆现金，他永远默不作声地拒绝周围的一切，他时刻准备着离开。我们都不喜欢他，正如他不喜欢我们一样。

可是川和我说："你不要被管教成了傻瓜。"

我点头，懵懵懂懂。

3

后来川就走了，我听说他去了北京，也不知道是上学还是工作。那时候我高三，才刚明白我的人生，似乎是这样子我会比较喜欢。

家里其实希望我做个老师，子承父业，安稳度日。可我不想，我只想冲进大城市里，做一个疲惫又充满梦想的白领。

妈妈说："我养大你，不是为了让你离开我。"

爸爸说："人生的苦你不知道，你总有一天会感谢我们对你的干涉。"

老师说："你的成绩只够上本科，别做梦去远方了。"

我丢了书包在操场上一圈一圈地跑，第一次觉得，我曾以为家庭对我的纵容，原来只是盒子里的自由。我能在盒子里起舞，却无法看一眼外面的天空。

我想起了川说的话，你不要被管教成了傻瓜。

我最后还是成了傻瓜，我上了师范大学，在毕业之后，来到这座城市，做了一个悠闲散漫的老师。

然后，在那天批改完作业回家的路上，我遇见了阿七。

“姐姐，第二十五次了。”

“姐姐，你说第一百次的时候，我能逃脱吗？”

阿七不断地给我发着短信，一条一条均是他对生活的抗争。我找出来当年川离开时，给我写的那张同学录上的文字，编辑成短信发送给他，我希望他不那么孤独和难过。

那一年川说：如果有一天你真的想离开一种日子，你努努力，总能离开的。

阿七回复我，姐姐，我知道了。

为什么17岁的我们，在生活甚至都没有开始前，就总是想着逃离生活？

后来我终于明白了，这大概是因为，我们的大脑里，终于长出了自我。那些遵循着父母的指令，以老师的话为纲领的日子终于破了个口子，我们想要长大，想要在身体里长出一个独属于自己的灵魂。

我们终于意识到了“我”的存在，可父母和老师却没有意识到。

当生活只能禁锢我，我便想逃离生活。

4

在阿七离家出走到第五十二次的时候，他毕业了。

那一天他给我发了他的录取通知书，很巧，和川当初去的地方一样，是北京。

阿七说，后来我终于明白了，这是一场强权和实力的战争，所以我必须很厉害，才能够赢。姐姐，我现在，要去创造新的生活了。

收到这个短信的那一天，我正在办公室备课。

半个小时后，我就要合起教材，带上书本和卷子，去到楼下的初二11班。教室里面有五十个孩子，等着我告诉他们，这次月考，成绩如何。

我突然间想起来，我中学的时候，对自己人生的肤浅规划。

那时候我渴望天子脚下的北京，稻香村和豆汁，北京烤鸭和卤煮。川和我一遍一遍地描绘了天安门，长城，南锣鼓巷和鼓楼。

他说后海极美，春天柳絮飞扬的时候，像是神仙处所。

而如今我27岁，却从未去过北京。

我突然意识到，我所谓的日子，并非我自己创造的，而是我的父母为我量身打造的生活。

这真的是我要的吗？我始终不知道。

但我想，也许一场异常艰难的逃离，将在我的身上开始了。

上课铃响了，我抱起厚厚的一摞卷子，往外走去。

5

在把手上的这两个班级带到毕业之后，我辞了职。

家人气极，扬言要与我断绝一切关系。我回到家中，哭了几场后，收拾好行李搬了出去。

我去了北京，在五环外的地方租住了一处单间。

一年后，我考上了某所不算太好的大学的研究生。

重回校园以后，我终于可以时常去南锣鼓巷逛逛，每天晚上在吃完热腾腾的一锅卤煮后，心满意足地睡去。我用了很多的时间来思考自己的人生，我发现我不明白，不明白，我便等它明白。

阿七最近开始打比赛了，周末的时候，我们有时会约着一起吃火锅。

他说，姐姐，没有想到最终会是这样的。我原以为仅仅是你救了我而已。但现在看来，也许，我们是互相拯救了彼此呢。

他笑起来，人生真是好事情。

我想起那一年，他还在念高中，第十七次离家出走的时候，他躺倒在外高桥的某个十字路口上，我还以为他死了。

人生真是好事情。

时间最美之处在于，你不能提前浪费它

我和阿怪之间并没有太多故事可言，说来寒酸，相识已久，我和他却只见过一面。

但这并不妨碍，我为他写下这篇文章。

其实很多时候，人生也是这样。

那些陪伴你十年八年的，你倒不一定珍惜了；而有些人，匆匆一个照面，便成为心里恒常的光。

妙不可言四字，放在这里，十足恰当。

1

真正认识阿怪，是在去年年底。

那阵子我在朋友的 Live House 夜夜笙歌，闲时接些约稿，养活自己。趁巧，这厢阿怪带着专辑来三亚巡演，那厢，编辑问我，有没有什么熟悉的民谣歌手，写篇稿子。

我前后一琢磨，便应了下来。

其实那时我还不熟悉他。

听过他几首歌，觉得不错，却也没更多想法；见了几张照片，觉得挺好，也没留多深的印象。毕竟民谣歌手千千万，要想一一记下，着实很难。

朋友说阿怪是个诗人，转神又说，他是个俗僧。我听着从别人嘴里传来的这些虚无缥缈的评价，也不过一笑而过罢了。

朋友把他的 CD 连同啤酒一起递给我，一脸高深莫测，这个男人，是你向往的那种。

我举杯，行呗。

那张专辑叫作《再见瓶中怪》，宣传页里有这么一段话："我们每一次的相遇都有可能是最后一次，每次现场的低声吟唱都有可能为这些事画上一个突然的句号。我们谁都逃不过'因果'和'无常'。正因为如此，我把自己的每一天都当作最后一天去过。"

看到这段话的时候我抽着烟，手一抖，烟灰落到了地上。

我想朋友说的，也许没有错。

2

阿怪的音乐是这样的，娓娓道来的调子，唱些诗性的、哲学的词儿。来自男人的浑厚声音中夹杂了点少年的清澈，吉他在伴奏，悠远而绵长。

可他本人打扮的却十分朋克。

留着大光头，蓄着大胡子，鼻子上架一副瞎子墨镜，一股摇滚味儿。

后来认识了，吃着宵夜的功夫，得知他早年间还就是玩儿朋克的。后来学了吉他，就组了个乐队。乐队里缺贝斯手，转手便又去学了贝斯。再后来，成立了个厂牌叫作"半月弹"，然后开始一个人，抱着吉他，在舞台上唱歌。

我说你经历超丰富啊。

他腼腆笑笑："我只是在逐渐接近我的核心。"

那时候，一个人的核心应该是什么，我还不知道。

是他教会我的。

阿怪是个佛教徒，他吃素，喜静，笑容腼腆，脾性温和。阿怪和我说，宗教没有教会他什么，唯独顺其自然，随心而行。

“其实生活的本质非常简单，没有大部分人想得那么复杂。我笑呵呵也是，不是人前人后的区别，而是我知道，不应该让琐事伤害到自己的情绪；我吃素也是，不是说佛教徒就必须吃素，但是对我来说，这样的生活方式太舒服了，于是就这样做；像大胡子啊光头啊，其实也就是觉得这样挺舒服的，就没有做什么改变。”

光头大胡子确实挺适合阿怪的，我想起来演出的时候，他坐在舞台正中，前面是麦架，手里是吉他，戴着黑色圆墨镜，光头锃亮，胡子大把。

我想起朋友说的那个词儿，俗僧。

多妙啊。

3

中场休息的时候，阿怪和我说了个故事。

他说，他有一位朋友，福建人，到了北方的城市，长春上学。毕业之后，家里千辛万苦找了关系，把他安置进了一个稳定单位。他感恩戴德地进去，却日夜煎熬地过着。

一年以后，他再也没办法忍受，辞了职。

“那时候我劝了他很久，我说不行的，你一定要做你自己喜欢的事。”阿怪吃着炒面，声音淡淡的，“现在回想起来也就是几天的事情，但当时真的精疲力竭。”

辞了职之后，那位朋友坐了五十多个小时的火车硬座，去到阿怪的城市，看他演出。同样是一顿宵夜之后，他买了辆自行车，一个人往越南骑，骑完越南骑泰国，后来终于回来，如今已经有了全新的工作，也完全跳出了过去的圈子。

阿怪说到这里的时候有些哽咽，他掩了掩眼睛，低声说：“我觉得他现在过得很开心，日子也很充实，我就觉得很感动。就是怎么说呢，我特别感激，能够帮助到这些人一点点，我会觉得很快乐。”

直到现在，我回想起阿怪，首先想起来的，还是他掩面的这一个瞬间。

这是一颗多敏感、多细腻的内心啊，丝丝缕缕的心绪从这样一颗心中传递出来，温柔而又脆弱，漂亮得像是一场梦。

阿怪告诉我：“当自我意识觉醒的时候，和家庭难免会有些碰撞，就像我那位朋友。但是这才是真正的人生的开始。”

他说：“因为我是佛教徒，所以我相信命运。我认为每个人在一出生就注定了你这一辈子必须做一些事情，也认为人生里面发生的每一件事，其实都是应该发生的。而这是一件非常奇妙的事情。有很多人，直到最后也不知道自己的命运是什么，搞不清生命到底是怎么回事，也就随便活了下去，我们不要做这样的人。”

“生命就是，找到自己觉得最舒服的路，然后走下去，一路走到头。”他顿了顿，“其实我们首先应该明白一个道理，就是，我们的生命没有过去，没有未来，只有此刻。若是我们此刻都不快乐，那就是一生都不快乐。”

那一天我原本是去蹦迪的，喝得微醺时听他说起这些有的没的，竟然也想要落下泪来。

其实这些都是多简单的道理啊，由他说出来是字字都理所当然的直接，但放在这拥挤的人潮中，却无几人知道。

我们怎么会是这样，盲目地过着生活，却对人生一无所知呢？

4

那一天夜里，我记得最深的一句话就是，阿怪他说，时间的最美之处在于，你不能提前浪费它。

那时我们说到他的这张专辑，为什么要叫一个《再见瓶中怪》这样的名字，而阿怪说："从前我在试图接近自己的核心，接近完了，就想要试图扩大自己的格局，我不确定能不能写出新的东西来，所以名字就叫了《再见瓶中怪》。"

"如果写不出来，那就不写了，这样一来，这专辑在这里，也算有个交代。"他低垂着眼，吸溜杯里的饮料，"其实都是这样的，自由一点，顺其自然。时间的最美之处就在于，你不能提前浪费它，所以还是享受吧。"

我 20 岁，酒精上头，耳边嗡嗡响。

许久，我问他："都是如此吗？"

他说："从音乐到人生，都应该如此。"

和阿怪聊天的时候，我一直觉得平静而愉悦。

我发现不只是他字里行间的人生哲学中有这份平静与淡然，仅是在他身边，就仿佛周围有一种安定人心的力量。对话时阿怪喜欢直视我的眼睛，小小的豆子似的下垂眼不带波澜地瞅你，宛若一片宁静无波澜的汪洋。

阿怪说，很多事情其实是能够预料到的，所以发生之后也就不必大惊小怪，反而应该更加平静轻松下来。没有什么值得大惊小怪的。

他轻笑着摆手，那一瞬间，我竟也真的觉得，无法怪世事任何。

后来的日子里，我仍旧不断地在认识一些人，也常与谁在深夜醉酒或畅谈，再也没有哪一次，是同阿怪能比的。

他轻描淡写几句话，就已经说出了半个宇宙的真理。

5

演出结束以后，我带阿怪到三亚街边的大排档上吃宵夜。

因为他说他演出之前不吃东西，所以我想让他多吃一点，可他又说，夜深了，吃太多不好入眠。

他始终是那样的，没有多余的肢体动作和面部表情，整个人安静如同佛像，又周身笼罩着光。

唱歌的时候也是，吃饭的时候也是。

我又想起他说他喜欢僧这个字，带着佛性和慈悲，和他很像。

说来，其实阿怪真的如同俗世中的僧人一样的存在，看透了万物，看淡了万物，唯独注重生活本身。这世间又有什么值得爱的呢？也许是因为一切都不显得突兀，才显得这一切都那样可爱。

其实那次之后，我再也没有见过阿怪。但很出奇地，我却觉得，这个四处奔波不曾停下的人，从未离开过我。

我想起我们道别的时候，他同我说："游离的灵魂啊，有缘再见"。便突然觉得，也许正因为如此，我们虽至今未能再见，灵魂却已早早打了多遭照面。

我们偶尔会在夜里聊天。

他与我分享近况的同时，我同他说些烦忧或旧事。他还是那样，寥寥几句，便能够解救一个深陷桎梏的人。

前些天我同他说，我在写书，兴许会含糊地写到他。

他于是叮嘱我，生命短暂，当勇往直前。

我又想起他说的那句话：时间的最美之处就在于，我们不能提前去浪费它。

而生活，其实没有过去，没有未来，只有此刻。

此刻的快乐，就是一生的快乐。

就算高考失败，天也不会塌下来

1

今年 6 月，我在公众号的后台收到一条留言。

小姑娘说，姐姐，我高考失败了，我的人生还没开始就已经结束了。姐姐，我想死。

我这才模糊地想起，原来又一年的高考季，已经过去。

时间过得越来越快，而我们，却成长得越发缓慢。高考在心底烙下的痕迹，这么多年，也还是没有淡去。这样的一场考试，在那么多年轻的生命心里，仍旧是死生之间的一次战役。

我想要和这位姑娘聊一聊天，便要来了她的微信。世纪末的孩子，明明是最好的年纪，可她却字里行间却仿佛垂垂老矣。

她和我说，自己本来是学习艺术的，内心里一直有一个画家梦。家里人传统又固执，总觉得艺术生不算好孩子，在答应她学画之前，大小的争吵少说也有几十次。后来好不容易家人妥协了，可她却没能做到。

她说，姐姐，毫无天分的人极少，我却是其中之一。任凭我再怎么努力，熬夜或者大哭，也没有办法做出好的作品。

距离高考还有一个学期的时候，她被家人说服，回到了文化课上。

落下的课程用睡眠的时间来补，整学期她一天只睡三个小时，疯狂地刷题、背书、补习，好歹是几次模拟，都把成绩稳在了一本线上。

可是姐姐，我考砸了。

2

联系上小姑娘的时候，是一个霞光满天的傍晚。

她坐在学校，高三教学楼的天台上，哭哭啼啼地给我的公众号留言。后来我拨通电话给她，听她在听筒那头低声啜泣，小声地重复着一句话，姐姐，我完了。

我其实很想让她仔仔细细地吹吹顶楼的风，看一眼漂亮的夕阳，感受一下这个世界的温柔。我想让她看一看那座一直生活着的城市，回想那些不曾放弃的日子，我希望她明白，这人间的广阔，比她想的要远得多。

可一瞬间我又觉得自己实在矫情得过分，那样一个悲伤的孩子，怎么还能去感受风和光的温柔呢？

于是我告诉她："你不要死，我和你保证，天不会塌。"

我和她说了我自己的故事。

四年之前，也是一场高考，只不过考生是我。

我考砸了，比她彻底一些。

我的成绩一向不算太好，高中时顽劣，既不肯下苦功夫读书，成日里整些有用没用的；又不好好生活，骑着单车了出车祸，平白在医院里浪费了好端端的半年。可即便如此，我还是和所有高考的孩子一样，为了那一场应试教育的终点，而拼命付出过的。

那个时候我想要写小说，在杂志上写，也在网站上写。每天白日里上课，夜里奋笔疾书，做得不算优秀，但好歹也是在一点点变好。后来为了高考，彻底离开了电脑，放弃了写作，丢掉了对于当时的我而言，很难得到的一些机会。

后来我出了车祸，手术之后不顾医生让我静养半年的叮嘱，还未拆线时就一瘸一拐到学校上课。右手打着石膏没有办法用，就用左手；手术没有恢复好隐隐作痛，就吃止痛药。放学后，再一个人步行到医院去复健，那些日子，我直到现在都记忆深刻。

可我没有考好。

没有考好到什么地步呢？连同家人、老师和朋友们，都有那么几瞬间会想，是不是京的分数给错了呢？

知道成绩的那一天我正在咖啡厅兼职，准备着自己的毕业旅行。朋友帮我查了成绩后，将截图发送到我的手机上，我洗干净手，点开来看。

几分钟的沉默之后，我去找店长请了假，转身的瞬间眼泪就掉下来了。

回家的路上我想了很多，我既觉得自己的努力和放弃都毫无意义，又很不甘心，很不服气。我告诉所有的人我要去复读，我要重来，我不能输。

就好像抓住了一根救命稻草，我紧握住复读的机会。我知道四百多分的成绩在福建只能上个潦草的本科，那个时候，我还不甘平庸。

我以为，如果不复读的话，我的人生就此完蛋了。

在开始之前，就死在 17 岁那一年的夏天。

可我最后还是没有复读。

同样的，我的人生也没有就此完蛋。

3

在有限的选择权里，我挑选了一个南方以南的小岛上大学。学校很大，在一个四面环海的城市，夜里，我可以听着歌，在森林一样的小路里，散很久的步。

我学习游泳和冲浪，尝试潜水和攀岩，我花很多的时间看书和兼职，逃很多堂不太重要的课去旅行，我尝试做生意和重新写作，在疯狂的玩乐之中，度过我的四年。

那座城市不大，不修边幅，毫无秩序。

我在那里生活的时候，将自己变得浪漫而自由。

大学之前，我还是座小城市的孩子，所有的跳脱与大胆，都只是条条框框之下的小把戏，而后来，当我真的成年以后，我开始将自己从陈旧的身体里剥离，我做了很多不一样的事，不断地和许多人表达我自己，然后，我成为了现在的我。

你也许不知道现在的我是什么样子的，没关系，我可以告诉你。

我不再受限于世俗和规矩，我在不太普通的人生里找到自己的痕迹，然后去做。我去很多地方旅行，拍摄照片和视频，写很多文章，表达一些众人理解或不理解的观点。

我没有工作，我可以靠我的爱好养活我自己。

后来有很多人问我，你这样不稳定，不会觉得心里难安吗？

我告诉他们，内心的安宁，才是真正的稳定。

很久以后的现在，当有人不断以各种理由提起我那失败的高考时，我总是觉得，如若那一场战争，我打赢了，去了一个更好的更加规则的地方，我不会是现在的我自己。

然而，如今，我对自己很满意。

所以当初的失败，也就显得不那么面目可憎了。

4

其实人生短暂，一切都是有迹可循的。

我们终会成长为哪一副模样，用哪一种姿态度过自己的一生，取决于我们过往所经历的一切。我们有过成功，也有过失败；有过好运气，也会不走运；途经过乏味的，或是有趣的故事，终于我们的人生这样过去，而我们，塑造了我们自己。

所以没有更好的，也没有不好的，我们能够经历的，也无非就这一条路而已，所有的岔路口在我们选择的时候消失，从头至尾，道路通达，这是我们的一生。

天色暗下来，小姑娘还在学校的天台上坐着，她已经不哭了。

带着小声的抽噎，在听我说。

我说："你放心吧，就算高考失败了，天也不会塌下来。"

你正在往更加广阔的世界走去，你正在逐渐见识到从未见过的无垠天地。

你不要瑟缩，不要害怕，要昂首挺胸，要不束缚不拒绝，要拥抱，要迎接。

已经过去的，将永远过去。

年轻的时候，每一个人对生命都不够珍惜。我们总是觉得，活着太不容易，死去反而是一件简单的事。

其实，谁都没有真正明白，死亡，意味着什么。

它意味着消失，意味着结束，意味着水融化在水中，风消逝在风里。

意味着，这个世界没有你了。

天地广阔，而渺小如同你我，用尽全身气力，能够尝到的，不过毫厘而已，又有什么理由去舍弃呢？

失败是一件多小的事，成功也是如此。

你还未见过沙漠日出时灼眼的光，也未闻风沙迷眼的幻象；

你还未见过高原之巅的日照金山，也未闻雄鹰仗翅的舒展；

你还未走遍这无垠天地广袤人间，你仍只见过瓶子里的天。

你什么都没做，你死什么呢？

高考结束了，自由的人生才刚刚开始。

你想要成为什么模样，就去成为什么模样。

没有人可以阻止你，除非你自己。

天不会塌，故事没那么快结局。

藏漂团伙：开张半年歇半年，是我们的信仰

1

我离开拉萨，滚回南边的小岛上大学的时候，般若刺啦一声把店门一闭："你走？那老子也走！"

我挥挥手表示懒得理他这种浮夸的道别方式，却在飞机刚到热带落地的时候，刷出了他定位在尼泊尔的朋友圈。

嗯……最近的藏漂们走位都这么骚的吗?

般若是我在拉萨认识的第一位朋友，年纪和我没差几岁，那黝黑的肤色和脸上的道道沟壑，倒是很好地融入了高原人民。

但其实，般若是个浙江人。

高中毕业后，他便不再上学，跟着家里做些窗帘外贸，十七八岁就已经赚得盆满钵满。初识的时候，我俩坐在昏暗油腻的藏面馆里，一边吸溜着面，一边听他说那百转千回的创业故事。

"其实最重要的吧还有一点，"般若喝了几大口肉汤，咂巴咂巴嘴说，"我是纯种的温州人嘛，我爹妈家祖上三辈都是做生意的，我这纯靠遗传。"

我放下碗，冲他露出了尴尬又不失礼貌的微笑："哦。"

"哎，你别不信，要不是我后来来了西藏，现在绝对是浙江本地窗帘业大牛好嘛？"

那么，般若是怎么来的拉萨呢？其实最真实的原因，还是因为那时他年纪小，略微有点非主流。

18 岁成人礼之后，般若想着，得给自己一个最不一样的生日礼物来庆祝成年。在家人的建议下，他从俗气的车子房子到漂亮的妹子想了一圈，却还是觉得，做人嘛，不能这么俗气。

于是从最不俗气的角度考虑，他一拍大腿，买了张飞到贡嘎机场的机票。

却不曾想，这一来，便留了五年。

2

般若说他喜欢拉萨，不是因为传说中的日照金光或是宗教信仰，而是因为，那时候的拉萨，在他的眼里，充满商机。

温州长大的孩子，天生就是商人，没有看见了遍地的钱却不捡的道理。

所以，他租了个小院住下，又给自己起名般若，蓄起长发和胡子，便把自己养成了个西藏人。

那是 2011 年的时候，我还是个毛孩子，才升高中。而般若却四处地下地区，出国，找货收货，再运货卖货。那时候，什么藏红花啊冬虫夏草啊这样的药材在内地都少见，价格虚高；更别说像是蜜蜡啊宝石啊这样的工艺品了。

他低价从人家手中买进，再包装之后，高价卖出，一来一回间，赚出了房子车子和小店。

2013 年的时候，般若在八廓街的小巷里，开了自己的工艺品店，名字也叫般若。

上到几十几百万，下到几十几百块的玩意儿在他的店里都能找到，很多人慕名而来，挑选些伴手礼；也有很多人靠着他的渠道，做自己的生意。

他说，在拉萨做生意，从来都是开工半年歇半年，开工半年赚一年。

后来拉萨越来越火，旅行者越来越多，相对的，淡旺季也越来越分明。每年的国庆之后，一年的淡季到了，偌大的拉萨城，人去楼空。

“不仅是没人来玩了，像我们这种做生意的，”般若指指自己，面上是爽朗的笑，“呼啦一下也都全跑了。”

“你看呐，一部分人上东南亚挑货，顺便旅游，度假极限运动什么的；”他掰着手指，和我数那些离开的鸟儿的去处，“一部分人吧，往欧洲跑，自驾游啊或者就待着，一两个月的，贼多；那还有一部分人嘛，回自己家，休息的休息，过年的过年。”

“差不多啦，拉萨空了。”他耸耸肩，挑眉撇嘴，表示无奈。

“其实拉萨冬天好玩，物价也低，风景也好。”般若后来又和我说，“但我们住在这里久了，看白茫茫的雪山，也和看家里的白墙面没差了。”

“那你们是，都能赚这么多钱吗？”

他点燃一支烟，低头笑道：“高原之上，没有信仰的人，钱最好赚。”

3

般若说像他们这种老藏漂，顶瞧不起的有两种人，一种是借西藏独特的风光和文化，来给自己加标签的旅行者；还有一种，就是像我这样，不知道干啥就跑来的人。

我反驳说我才不是不知道干啥来的呢！

他贱兮兮地笑，那你是干啥来的啊，小姑娘？

我抬起下巴，满脸骄傲：“这事儿说来浪漫，其实我是上高原来学琴的。”

我在拉萨有个师父，他是个民谣歌手，因为爱上了个漂在西藏的姑娘，于是留在了高原。

师父曾经和我说，要不是看上师娘，他那时不会留在这里。

可师娘说不是的，她说，师父是个心里有佛的人，虔诚。很多年前，他头一回来拉萨，在大昭寺前烤着太阳坐了一整个下午，便已决定了要留下来。

师娘说，师父是背着琴上高原的，就和你一样。

那些年他还是个愣头小子，初入藏地，除了一头脏辫显得颇有气势之外，在这高原生存，毫无优势。在那个时候，他认识了师娘。师娘年长于他，在拉萨多年，早已经是个老藏漂了，手头倒腾着药材和石头生意，如鱼得水。

师父一面唱着自己的歌，一面学着藏漂们赚钱的门路，一面爱上了我师娘。

攒了些钱，他决定在大昭寺旁开个酒吧。

大昭寺广场是佛教圣地，白天拒绝卖酒，夜里不能喧哗。师父想来想去，租下了转经道旁的一处老宅二层，开了个藏风的酸奶 BAR。大毯子大垫子，长桌子长椅子，十足的一个藏屋子。

酒吧里白日卖牦牛酸奶，十五块钱一碗，晚上卖拉萨啤酒，十五块钱一瓶。师父在吧台里摆上琴和音响，手痒了就插电来上几首，他总是冲着师娘唱：“南京姑娘，你是否喜欢北方人的直爽。”

师娘是南京人，师父则是北方汉子，满腔柔情揉在一句歌词中，我次次听，次次感动。

你说天南地北的两个人，撞在这高原之上，氧气稀薄的地方，这份爱，一定也更加浓郁吧。

般若掸掸烟灰，歪着嘴说："是不是二十岁的女孩子，都像你一样神经病啊。"

4

和般若一样，师父他们也是开张半年吃一年，开张半年歇半年的这个套路。

我上高原的时候正值暑假，是转经道上人最多的季节。白日里，我在师父的酒吧练琴，客人来了，随手一招待，没事儿的时候，按按和弦打打屁；夜深了，就回到师父家的客栈里，逗逗奶猫玩玩狗。

对了，除了酒吧之外，师父还开了一间客栈。

客栈是自家贷款买的房子，两层楼，一楼自住，二楼出租，价格便宜。有许多来藏久待的驴友住在师父家中，夜里大伙儿在客厅喝几瓶酒，聊几场天，兴起时敲一会儿鼓，弹一会儿琴，日子舒惬爽利。

那阵子，除了和般若厮混，大部分的时间里，我像个虔诚的信徒，在转经道上一圈一圈走啊走。

晨起时，上转经道转上几圈，午饭后，再来上几圈。夜里有时酒吧会有演出，天南地北的流浪歌手们聚集在这里，酒杯一碰，满是感怀。这感怀之后，醉醺醺的一路人，再上转经道上转两圈。

其实那转经道也没什么，白日里冒着经香，深夜时冷风入骨，可也不知道怎么的，转着转着，就是觉得内心安稳，世间无事。

有时候我和般若坐在大昭寺广场喝甜茶，日光灼人，他眯着眼，竟几度要落泪。

我说："你疯啦，太阳在你耳边冲你念经啊。"

他摇摇头，一手摸上脖子上挂着的蜜蜡："我觉得拉萨也挺好的。"

"这么多生命来去都无意义，却还受佛庇佑，真好。"

他说的这话，我不懂。

5

师父和我说，开了酒吧之后，仿佛有了归宿。

那些年初来拉萨，学着各种法子赚钱养活自己，虽然也有酒有肉有朋友，却始终少了点什么。后来，自己一点点布置“新宫”，开业的那天，就着手抓羊肉喝得很醉，仿佛灵魂终于可以从半空中落下来，很是安宁。

旺季过去以后，师父和师娘会去旅行，通常是往尼泊尔、印度、斯里兰卡走，路途里顺便做些代购生意。回国之后，他们回乡看看家人，四处歇歇逛逛，旺季之前，再回拉萨。

“可能这辈子就交代在这儿了吧。”那天晚上喝醉，师父攥着师娘的手，同我们唠，“这酒吧也好客栈也好，你师娘做的这些小生意也好，其实都不是理由。”

“留在这里为什么呢？”他深吸一口烟，“不知道，没有人知道。”

我看着满桌的羊肉骨头辣椒末，碾碎的烟头和啤酒，觉得可能，这就是他们留在这里的理由吧。

卖货，唱歌，喝酒，胡诌。

我们做一些很不正经的事，过着看起来很不负责的日子，却丝毫也不焦虑，丝毫也不紧绷。

没见过以前，你要是和我说这些故事，我是不会信的。

可还好，没人和我说，我自己经历了。

后来我毕业了，去了超一线城市上海。

几个月的奔忙下来，如果不是朋友圈在时时告诉我，般若又去了这里，又去了那里；师父又做了这事，又做了那事，我想我会忘记那一段梦一样的日子。

上海节奏极快，睁眼就准备着上班，卯足了劲儿挤上拥挤的地铁，天黑时骑小黄车行走在孤独的夜。别说开张半年歇半年了，这工作一年想歇个一周，都怕回来之后，自己的岗位上已有新人。

我逐渐不太明白，自己到底为何而如此奔忙。

我想起有天夜里，我和般若坐在街边喝酒的时候，他和我说："为什么赚钱呢，为了生活。所以生活才是重要的，你要过什么样的日子，你心里明白之后，你再去想，要以什么方式赚钱。"

"本末倒置的人太多，我啊，看不起他们。"

我不管他是否看得起我，但我却担心自己终究被困于生活，无力自救。

11 月来了，般若去了三亚，那个我曾经生活过四年的地方。

醒来的时候我看见手机里有他发的消息，他说："开张半年歇半年的风俗不是为了炫耀什么，就是怕自己干着干着，最后赚了钱，却丢了生活。京，你第一次去拉萨过夏天的时候，我招待的你；这是我第一次到三亚过冬，不如你招待招待我？"

两个小时后。

我买了张机票，飞了过去。

候鸟迁徙请让道

他们像候鸟一样南北迁徙。

每逢深秋，他们振翅往南，越过整片飘雪的中原，越过深不可测的南海，栖息在南方以南的小岛上，晒晒日光，饮醉几场。

当春季来临，当南方日光倾洒，灼灼的风裹紧了城市，他们收拾行装，回到北方。

我在三亚住的那几年，就看着这样一群年轻人来来往往。他们在深秋裸身躺在热带的海滩上，夏日来临之前，随着飞机，远离热浪。

我们称呼他们为，候鸟型年轻人。

1

认识阿宽，是在三亚湾12月的深夜沙滩上。

那日我从学校翻墙而来，身上挂着相机和脚架，准备在一夜海风之后，拍拍日出。

阿宽则是那一片沙滩，唯一的一个男孩。

深夜时，海面陷入死寂。风浪卷着浮游生物的腥味，向岸边扑来。这一片海滩身后便是三亚最为繁华的部分，灯光闪烁，车流纵横。唯独我面朝大海时，目之所及，沙子或是水中，除阿宽之外，空无一人。

他就在我不远处的地方，倚着身后的礁石，小小地燃了一堆篝火。啤酒在他身后七零八落地摆着，他躺在一旁，满身细沙。

招呼我一同喝酒时，阿宽已经半醉了。男孩子的皮肤在火光下显得通红，大口饮酒的时候，也喋喋不休。

这是阿宽毕业的第六个月，辞去工作的第一天。

他说他是个麻烦的人，既怕天寒地冻，又怕烈日炎炎。所以从大学时开始，就养成了暑假往北方避暑，寒假往南方祛寒的习惯。

“连厦门都不行，一到冬天，风一吹雨一下，冻死个人了。”他大口灌进半瓶啤酒，边打着扣酒嗝儿，边把易拉罐给捏瘪了，他咂咂嘴，“全中国啊，只有海南的冬天好。”

“后来不是毕业了嘛，寻思着拼搏、奋斗，我就上北京去了。”我拨弄着火堆，火星倏地就冒了起来，他的脸在火光背后，红通通的，“一千八的房子小到转身都费劲，一周工作六天，没有加班费，赚个六千块钱，扣了房租交通费，都不够喝酒的。”

“但是公司吧还不错，年终一过，马上就能翻个倍。资历深的同事和我说，熬过两年，基本能够傲视群雄，那都这么说了，我能咋办？”他笑起来，“熬呗。”

“那你怎么在这儿啊？”

阿宽笑得更大声了，他喝着啤酒往后一躺，声音嘹亮：“多明显，没熬下去呗。”

“我不行的，在北京过冬能要了我的命。”他摆弄着手边的沙子，一把把往身上糊，“还是三亚好啊，空气好，天气也好。我在北京啊被霾齁得都快说不上话了，那天挤着早高峰的地铁去公司的路上，突然觉得，放他娘的升职加薪的狗屁，拿命换钱这事儿老子不干。”

他歪头看我：“就辞职来三亚了。”

“好……好吧……”

“唉！活着已经够累了，何苦难为自己呢？像我这种胸无大志只图混口饭吃的人啊，觉得过得舒服比什么都重要。”

“那你当初咋还去北京啊？”

“谁还没个认不清自己，以为自个儿天下无敌的时候？”他举杯敬我，“你说是不？”

2

其实，像阿宽这样的人，我认识不少。

每年冬天当隔海相望的大陆冷却下来的时候，三亚这个招摇的热带城市，总是会突然人满为患。来三亚过冬的人中，成群结队的中老年人是一大部分，年轻家庭带着小孩儿的又是一大部分，剩下的，便是那些随心所欲的年轻人了。

他们像是候鸟一样，在家乡落雪前来到热带休养生息，每日躺在海里晒着太阳，饮着啤酒与咸风，直到来年春天回暖的时候，再成群结队的，翅膀呼啦一扬。

每年深秋，最后一场台风过去之后，我都会在没课的时候，到朋友海边的民宿里住上一阵子。夜里篝火一燃，啤酒一摆，在火光中，我们迎来送往了许多候鸟一般的年轻人，和一个又一个关于人生的故事。

朋友和我说：这些候鸟一样的人，他们避开了大冷大热的季节时，也同样避开了大苦大甜的人生。

小学老师明是我去年认识的人里，最有趣的男孩。

为了所谓的安逸，他在央财毕业之后，拒绝了外企提供的超过20W的年薪，而回到家乡成都，找了一所私立小学当老师。他教的是数学和美术，一天最多的时候只有两节课，别的时间喝喝茶看看书，在恒温26℃的办公室里昏昏欲睡。

这样的生活，他很满意。

那时候我们在客栈的天台上聊起彼此的故事，他告诉我，十七八岁的时候总想着闯荡世界的那群人，有不少的一部分，到了二十二三岁，就都只想着泡上一壶热茶，下几局棋了。

他疯狂的人生从高中开始，在大四那年停下来。这中间的几年，他和豆瓣上捡来的驴友骑着摩托车去了西藏；下到川西的山区里，信号断断续续的地方，支教了整整半年；一个人背着包怀揣着5000块钱，从广西搭着火车去到越南河内，再从越南河内一路摆着摊，走到了西南边境外的小国尼泊尔。

“照理说，像我这样的人，是肯定不会满足于现状的。”他把玩着火机，声音里带笑，“我的那帮子朋友啊，都觉得我一毕业肯定就去闯荡江湖干大事儿去了，就算是工作，肯定也是做的那种特雷厉风行，特四处奔波的工作。”他笑起来，抽出一支烟点上，“其实不是，我这个人啊，试过了那种奔波的日子，反而想自由舒适一点。”

“老师啊老师，”沉吟了几声，他看向我，“听起来不怎么样，其实挺好的。”

“人生这事儿，摸透了其实也就这样。我不想拿美好的余生来换快感和刺激，一不小心跌了下来，实在是伤元气。”他说。

明在三亚住了二十天，大年三十的时候赶回成都吃年夜饭去了。

离开的时候，他送了我一幅画，是他带的学生画的。画面上是蓝天、白云、大树和家。送我之前，他在背面附上了一句话，漂亮的钢笔字体在已有折痕的画纸上写着：没必要为了经历而经历什么，孩子眼睛里的，是生活本来的样子。

我看着窗户外边的天台上三三两两坐着晒太阳、玩手机的年轻人，忽然觉得，追求安逸与自由，而非成就与名利，也并非什么错事。

3

日出很美，朝霞的颜色染红了天空和海面，太阳就那么被簇拥着，从海天交界的地方升起来，深红色的正圆，壮丽而俊美。

阿宽才从沙堆里醒来，他盯着太阳看了很久，转头对一直摆弄相机的我说："哎，我真觉得，这半年在北京的日子，真他妈白活了。"

我笑话他，像你这种人啊，估计就是闯也闯不出什么名堂来。

他躺在沙子上打着哈欠伸着懒腰，整张脸笑得皱开："名堂不敌我乐意呀。"

我带他去了朋友的民宿，一顿花生配酒称兄道弟后，他便以义工的身份，留了下来。

那个冬天，我们带着那帮候鸟，玩儿得很疯。

凌晨四点的时候我们组织民宿的客人一起去爬有古人类遗址的落笔峰；天气晴好的白日我们组好摩托车队沿着环海路一直往东；夜里我们点上灯，跟着当地渔民的渔船出去海钓；回来的时候在沙滩上支起篝火和大锅，就地煮新鲜的海鱼汤喝。

我们甚至定制了一面旗子插在民宿的天台上，每一次活动时，便取下来，挥舞着带走。旗子是黑色的底，面上画着一只鸟儿，写着一行白字：候鸟迁徙请让道。

每一个有酒的深夜，我们高喊着："去他妈的失败是成功之母，去他妈的挫折使人进步；我不要人生巅峰，不要深陷低谷，我要自由，我要享受！"

他们大都有着不错的职业，卖文玩或是写文章、当老师或是文身师、开餐厅或是开酒吧。在每一个冬日，他们集体出走，迁往温暖的南方。

比起来一线城市里紧紧张张的年轻人，他们或许赚得不多，人生之中也难有飞黄腾达的时候，但他们拥有一整片无际的天空。

有时候我们聊到生活，我会问他们，结婚生子怎么打算？年老体弱怎么办？

他们总是笑得猖狂，你听过那个故事吗？

年老的富豪赚了一辈子钱，终于功成身退，拿着自己的积蓄去到海边，租了一处房子，开始了每天晒晒太阳钓钓鱼的生活。

就和他隔壁那个自年轻时，便以打渔为生的渔夫一样。

我们不做那种傻事，拼搏奋斗几十年，再在年纪大了满身病痛的时候，抱着苦尽甘来的想法，去体会生活的安逸。从年轻的时候开始，在最精力充沛身体健康的时候，我就要过自己喜欢的日子。

海面湛蓝，日光正好。

候鸟们脱了上衣，扎进海里，像是鱼群。

那面黑色旗帜在民宿的三楼迎着海风飘扬，如同信仰。

他们避开了大冷大热，也避开了大苦大甜。

他们从年轻的时候开始，便要享受生活本身。

候鸟迁徙，请让道。

我是人

我需要爱

我渴望在情人的眼睛里

度过每一个宁静的黄昏

辑三

你不知道一朵花什么时候会开

NI REAI DE YIQIE, SHENGHUO DOU HUI GEI NI

你热爱的一切，
生活都会给你

你不知道一朵花什么时候会开，也不知道爱情什么时候来

1

2015年夏，云南大理喜洲镇。

Eco是我在旅途中认识的朋友。

她挺漂亮，一头长发烫成复古大卷，嘴唇涂上Dior 999的口红，身上挂着大布兜子，艳丽里透着一股子洒脱。她丹凤眼，又喜欢拿眼线将眼尾拖长，颔首瞥你一眼，歪嘴一笑，三分烈性三分妩媚，四分杀人心。

我们是在一个义工项目里认识的。

五湖四海的几个年轻人，男男女女，扛着相机，各不相同的姿态，同赴大理。我们颇是过了些住小院儿、骑小摩托、嗨炸夜晚和周末的生活。

后来我们摆摊，男孩儿们拿了鸡血藤来卖，女孩儿们买了海娜文身来画。

来往游客众多，我们往喜洲四方街一坐，吆喝声一出，便瞬间从游客变成卖主。7月雨多，淅沥沥的，回想起来就如同一场潮湿的梦。

标题里我说，你不知道一朵花什么时候会开，也不知道爱情什么时候来。

Eco遇见那朵花的时候，不只是她，我们每个人都不以为然。

老杨所在的乐队在那样一个阳光柔软的午后，也来到了喜洲四方街。

他们在另一面醒目的位置支起了乐器唱起了歌，懒懒的语调里，尽是些蛊惑人心的诗与远方，梦和姑娘。我们坐在后方，一面招呼客人，一面止不住地往他们那处瞟，女主唱实在太美，我们坐在摊前难掩激动，压着声音“郭碧婷！郭碧婷！”的为她欢呼，把身边人的大腿和手臂拍得通红。

唯独 Eco 在旁边说，那个留着大胡子唱歌的吉他手，他拖鞋好好看噢，只是唱歌不太好听。

很久以后，她还说过那样一句话，我不知道为什么他歌声不美，我却印象最深，也许是因为那双凉鞋太好看了吧。

我们就那样，在同一个四方街广场，朝夕相处了小半个月。

但我们却几乎从未说过话。

事情是这样的，作为十几岁就开始扛着相机闯荡江湖的男混子和女流氓，我们一度觉得自己很酷。在旅游热门目的地云南一待就是一整个月，抽烟喝酒骑摩托，日上三竿起，饭后摆地摊，我们这群人，对自己随性懒散的生活状态很是满意。

很长的一段日子里，我们称自己是“灵魂喜洲七朵金花”。

可那个乐队的到来，却打破了这种生态平衡。

第一，他们比我们长得好看；第二，他们身上那股劲儿更酷；第三，我们摆摊，他们卖唱，摸摸良心，他们赢。

于是我们养成了在他们背后悄悄议论他们，为女主唱加油，在他们面前却一脸冷漠装生人勿近的坏毛病。

输人输阵不输场，我们必须誓死捍卫自己喜洲街头小霸王的尊严。

于是，他们也不理我们了。

就这样尴尬又和谐地相处了半个月后，我们离开了喜洲，举摊北上，去了丽江。

2

丽江古城，原名大研古镇，俗称最暧昧最奢靡最娱乐最商业。

可还是和许多人一样，我们一进去，就出不来了。

8 月的丽江连日大雨，雨声哗哗水流涓涓，行人们提着裤脚打着伞匆匆而过，夜色浓重，酒绿灯红，热酒下肚，便睁着眼也是，迷迷乱乱的一整年。

雨大的时候，我们找了一处人家屋檐，摆出家伙，一面吆喝一面饮酒。

那乐队，就是在这个时候从我们面前走过的。

很奇怪，在喜洲时我们隔了五米相处半月，眼神交汇无数次，却没有一回和对方打过招呼。来到另外的城市，在大雨和酒精的助力下，我们喊住了他们。

Eco 说："不要太搞笑噢，强行高冷半个月，五一街偶遇，一秒破功啪啪的。"

众人，嘤。

我们坐在房檐下饮酒聊天，后来，我们一同吆喝摆摊，也一起弹琴唱歌。

"喜洲郭碧婷"性子利落得不行，贼讨人喜欢；而吉他手老杨，还是那双拖鞋，唱一些慢调子情歌。

Eco 灌了几口酒，同我说："也许是因为酒精吧，竟然觉得他唱得有些好听。"

老杨四川人，毕业之后，在成都经营了一家小琴行，卖卖乐器，教人弹琴。

乐队几位都是好多年的老友了，他们从成都出发，一路卖唱到云南，去了喜洲，又来了丽江。他们说丽江不如喜洲好，墙上没有刷“一定要保护好洱海”的标语。

Eco红唇卷发小裙子席地而坐，看着老杨拨弄吉他的样子，失神得有些漂亮。

那一天，她找到他的微博，点了关注。

我们相约次日去五一街卖唱，唱过之后，拿着众人的打赏下馆子喝酒。却不料，小城有小城的规矩，那些在丽江卖唱的歌手各踞地盘，我们无论去了哪里，都有人来提醒我们：嘿！哥们儿，这是我们的地儿，劳烦您站远点。

大伙儿都是好性子也耐不住被四处驱逐，索性收了琴，不唱了。

我们找了处馆子，占据了整个深夜的二楼。雕花窗户大敞着，酒过三巡，大家弹琴唱歌，从校园说到社会，从恋人说到单身，最后结束在对喜洲那阵朝夕共处的日子的回忆之中。

老杨说，其实我们最初就想和你们交朋友，一伙子人男男女女的白天摆摊夜里骑车环洱海，超级酷；Eco也说，谁又不是呢？“喜洲郭碧婷”美得我们在每个深夜嗷嗷叫好嘛？！

可我们却没有一次和对方打招呼哎。

嘤。

夜里离开的时候，我写诗的本子掉了，老杨给捡着了，他没有其他人的联络方式，便在微博上随口一问Eco，那是谁的东西。

就这样，顺便交换了联系方式，约好回喜洲再聚。

回去之后，Eco很快就结束了她的旅途。在还没来得及更深了解这位大胡子吉他手的时候，他们挥挥手，道声江湖再见，她就回了深圳。

故事如果就到这里结束，其实呢，也不失为一段美好的回忆。两个分别在各自旅途中的人，因为各种各种的巧合而相遇而相识，听来已经是漂亮至极。

然而，我们感谢互联网吧。

把漂亮变得深刻，把美好延至永恒。

3

有一天，Eco 和我说：“老杨挺好的。”

也是那一天，她告诉我们，他们在一起了。

那个时候，Eco 人在深圳，是个潮里潮气的女大学生；而老杨呢，大胡子裤衩子，窝在成都的小琴行里，教着小孩子。

他们之间的直线距离有两千多公里。

你们说，怎么会这样呢？

两个人在旅途里短暂相处，暗生情愫，分开之后，竟然还能够在一起。

两个人在一起的第一天，就是异地恋。

但 Eco 说：“哪有那么多为什么，在一起就在一起了呗。”

我点点头：“你说得对。”

Eco 决定，元旦的时候去成都找老杨，打破空间上的距离壁。

她那么漂亮那么精致的一个小姑娘，为了存钱买机票，去书店兼职，每天起早贪黑的，吃便当骑单车，很久也不去深夜躁动的聚会。

而老杨呢，为了等女朋友来的时候，能够带她吃好玩儿好，那一阵子每天出去代课，除了打理琴行，教小孩子之外，更是成为了一名四处奔波的音乐老师。

元旦的那一天，我在朋友圈看见了 Eco 在老杨的琴行里，摆弄他那把琴的照片。

少女笑容明艳，眼尾弯起的弧度得意又甜美。

最初的时候，我其实不太敢相信的。你说这人在途中的时候，本就肆意妄为不是自己，这旅途中爱上的人，自然也是加了层层滤镜的结果。

我们多年轻啊，情感多充沛，两次三番的偶遇，就以为是月老姻缘。

可其实这多愚昧。

我以为回到现实生活的我们，会对旅途中的关系有更为理智和清醒的认识。

却没有想到那种可能：理智和清醒地认识分析过之后，我还是爱你。

4

Eco 毕业以后，离开深圳去了成都。

起初时我们还担心她，这样奋不顾身地离开自己的家乡，为了爱情去到另一个陌生的地方，是不是有些鲁莽？可是 Eco 说，爱一个人，总要试一试的。

他们终于结束了旷日持久的异地恋，终于能够窝在一个小房子里，家长里短，柴米油盐。

闲聊的时候他们说，有些人的爱情，一开始就能够朝夕相处，不知道这其实是另外的一些人，深思熟虑放弃许多之后才能得到的。

Eco 找了份在茶楼的工作，熏香安宁，茶香清净，闲的时候，抱一本书读读，担得起岁月静好那四个字。

老杨一面经营着自己的琴行，一面和朋友们开始在宽窄巷子里卖唱。过路的姑娘再漂亮，漂亮不过他心上的那个人，卷发红唇，万种风情。

他们回了云南，在喜洲住了一长段日子。老杨时常在清晨到院子外面摘上一束野花送给 Eco，Eco 扎着头巾穿着长裙，手捧着花，眼里有光。他们骑着小摩托一遍一遍驰骋在环海西路上，左边是苍山终年封顶的雪，右边是洱海粼粼的水面。

后来，他们养了一只猫，名字叫作喜洲。

时间过得很快，到现在已经有两三年了。

我刚才翻看他们的朋友圈，看见在一周年的时候，老杨发了一张 Eco 低头吃面的照片，配文说：如果你问我浪漫是啥子，我会煮碗鸡蛋面给你，看你一口一口把那幸福吃下去，我就觉得浪漫无比。

我觉得真好。

我还是时不时会回想起那年我们在云南喜洲的日子，那一年，我们 20 岁，在无垠的原野里奔跑，追着一朵云从山脚爬到山顶。

我们天真地以为，只要我们坚持，人生就永远都会是那样。

可直到很久以后我们才明白，原来日子，从来都只能热闹一阵子。

老杨和 Eco 仍旧在天府之国成都过着自己的生活，就和任何一对你能在春熙路上看见的小情侣一样。

安安静静的，吵吵闹闹的。

去年，我在网易云上听见了老杨的歌。那首歌名字叫作《大理》，我第一次听的时候，我们还在喜洲镇的四方街，摆着小摊。他把歌重新录制了，最后的和音里，我听见了 Eco 的声音。

一个音乐人，将自己的爱人和自己的定情之歌糅杂在一起，这是多么浪漫的一件事啊。

大理，温柔的大理。

想和你一起，看看日出彩云。

我想起很久以前的一天晚上，我一个人在学校操场上跑步，群里大家连线视频，Eco 和我们说，她和老杨在一起了。

她说：“你不知道一朵花什么时候会开，也不知道爱情什么时候来。”

我遇见你，如逢花开。

第一次爱的人，是一场永远的梦境

1

冬一兜兜转转之后嫁给了她的初恋。

她结婚的时候已经32岁了，一个生孩子都嫌大的年纪。

我们相识十年，从二十来岁初出茅庐的青涩狂妄，到三十多岁洞察人事的谨慎世故，每一步的得到和失去，我们都看在眼里，心知肚明。

我一直以为，冬一会和我一样，随便找一个男人过日子。

这毕竟是大势所趋不是么？

父母催得越来越紧，电话越来越勤，排期满满的相亲和联谊占据了绝大部分私人时间，我们有得体的工作，赚着并不太少的钱，什么梦想和志向啊，说得好听点全都实现，说得真实点儿，其实早就抛之脑后。

似乎只是缺一个男人，生活就已经完满。

可冬一和我，多少还是有些不一样的。

她说她心里有一抹白月光，挂在天上，闪闪发亮。她说，如果要嫁人，还是想嫁他。

他们在十多年前相遇，共度了几年无所事事的大学时光，男孩子架着眼镜木木讷讷的，却格外讨她欢心。他们一起在图书馆成排成列的书架下偷偷亲吻；一起去旅行，走遍江南水乡的小镇；一起备战研究生，说着三年之后就结婚的誓言，提笔在书上写下行行笔记。

冬一说，他们分手，是因为钱。

冬一的母亲病了，家里人忙活着卖房子卖车子给她治病，冬一没有出国上研究生的钱。

家里有事儿的孩子哪有什么资格蹲在象牙塔里学习啊，温室里阳光明媚花朵繁茂，世间的苦怎么能够渗进去呢？

冬一没有继续备考，一个人在领了毕业证后离开了校园。

我就是在那个时候，认识她的。

2

那时候，我还在追求梦想。

冬一是我的室友，她拼命工作，白天上班，夜里接私活儿，每天晚上电脑键盘噼里啪啦地响。我在这间屋子里写诗写文章，她在那间屋子里做设计敲文案。

她看我恋爱，和男人如胶似漆，也不说话。

她看我相亲，花枝招展人堆里，也不说话。

她只是说，赚了钱，稳了家，去找她的白月光。

她最终做到了，在她32岁那一年，婚礼在海边，帷幔四散，美人娇艳，场面盛大。

仿佛连海风和太阳，都在为他们道贺。

我喝醉了酒，敬梦想敬爱情敬生命。

那一年我30岁，人们常说三十而立，而我却不一样，我直到30岁的时候，才从金光闪闪的梦想中走出来。

我写了十五年诗，成百上千首；写了十年文章，成百上千篇。

我一直执着地相信，时候未到，总有一日，我是可以饮梦饱的。直到废纸堆满了屋子，而我的邮箱里，划上十页，都是退稿信。

白纸散乱着铺遍我的房间，夹带着几张我引以为豪沾沾自喜的作品。

三十而立，三十而立。

三十而弃。

3

我离开了冬一，重新租了房子，开始生活。

我开始扔掉纸笔，和那些缥缈的句子；我开始在周末抽烟和酗酒，有了俗称为男友的，固定免费床伴。事后我喜欢点燃一支烟，夹在左手的食指和中指的第一个指节上，草草吸上几口，便去酒柜里拿出伏特加来，兑进床头的橙汁里。

这么多年了，物是人非，唯一没变的，大概只是这杯橙汁了吧。

那一天我 30 岁。

我的男人准备了蛋糕和红酒在家等我，我转身开灯的时候甚至发现桌子上竟有几个家常菜。围裙丢在椅子上，他冲我笑，想给我拥抱。

我想起冬一在海边举办的那场充满爱意的、盛大的婚礼。想起被我扔满整个垃圾桶的、一团一团的废纸和灵感，忽然觉得无趣。

我撇围裙到地上，让他走。

看啊，这个世界上那么多人 30 岁，那么多人和我一样丢失了梦想和爱情，那么多人和我不一样，他们坚守着梦想和爱情。

我拿着橙汁喝，窗外是城市辉煌的夜景，我在里面看见了那个穿白衬衣的男孩。

我的，灵感之源。

我的，生命之光。

冬一说每个人的心里都会有那么一场梦，有时梦醒，你会尽忘梦中事；有时入梦，却是难醒一生。

冬一她这一辈子，便是溺在这梦里，再也不要醒了。

而我没有告诉她，随手蹉跎三十年，其实我的心里，也有那么一场梦。

4

这一生如此漫长，于我而言，诸多事早已不再在意。

唯独他是我心里唯一的秘密。

那是我在十多岁的青春期遇见的少年。白皮肤，高个子，眯眼时弯的眼睛，不设防地笑。

第一次看见他时是深秋，图书馆组织学生大扫除，我灰头土脸埋头于一堆旧报纸的时候，他进来了。米色的风衣，白衬衫，牛仔裤。

不夸张地说，他进来的时候，身上带着从天上来的刺眼的光。

我不禁眯起眼来小心打量。

他摘下书包，脱了外套，挽起袖子一笑。

我的前半生，就那样过去了。

后来的半生中，我很难再相信一见钟情，是因为我知道，人生如此，不会再有一个那样的男孩子出现。

初遇后的第三年夏天，我终于和他相爱。

那是高考结束后的第二十天，我们在同一家咖啡厅兼职，为了一场目的地相同，却从未商量过的旅行。拿了工资道别彼此的时候，他和我说，如果我们能在西安偶遇，我们就在一起。

直到那一刻出现，我爱了他整整三年。

整个西安之行我都在找他，我日日上回民街闲晃，逛遍每一座博物馆，在古城墙一坐就是半个下午，那几日就如同一场漫长的马拉松，我精疲力竭等待终点的到来，终点是他。

后来的很多年里，我一次一次回想起那场旅行的日子，无数次我想，如若是最终不曾遇见他，是不是整个人生，都会不一样。

不会有接下来的悲伤，不会有难以逃脱的绝望，不会有日日夜夜深爱却难得的梦境。

可到头来，我却还是觉得，献上这一生也罢，我想爱他，一日也好。

离开西安的前一天，我在回民街后，一个小炒泡馍的摊上，看见了他。

他穿着黑色的盘扣大褂，有些长的头发在脑后扎成了髻，半挽着袖子，他在低头喝一碗羊汤。

我站在马路对面，不知为何，哭出了声。

5

那一年我 18 岁，我并不明白爱情需要经营这话中的深意，我以为两个人在一起，靠着荷尔蒙的吸引力，靠着彼此奉献的决心，靠着一腔热血，靠着一股深情，便能够战得过时间，赢得过日子。

我错了。

我日日夜夜围绕他转，没能让自己身上带上一点光芒。背光处，我还是那个坑坑洼洼、灰尘遍布的月亮。

分开已是多年之后的事。

男孩为了梦想离开了祖国，远赴重洋。而女孩呢，哭哭啼啼过一阵，也未能留住爱人之后，成为了一个不肯再去爱谁的人。

他走之后，我再也不敢回去那座城市。

我们在那里爱了整整三年啊，我和他走过了每一条街，看过了每一处风景，留下了千百张照片。

我多怕街角的便利店里有他，多怕十字路口的斑马线上有他，多怕除夕前热热闹闹的超市里有他。我多怕他回来，更怕他虽不在，回忆却在。

这破城发展再快，变化再大，我仍旧随处一望，就哪里都是他。

和冬一不一样的是，后来，我不再日日念叨着白月光啊朱砂痣，也不再幻想逐渐老去的自己和这段年轻的爱情之间还会有什么故事。

我不知道他在国外过得怎么样，是否有了新的相濡以沫的爱人，是否真的完成了自己心心念念的梦想，我再也从未去打听。

我爱了很多新的人，和他们谈笑风生，饮醉相陪。

有时候我们也说起未来，尽是些心知肚明的荒唐笑声。

谁会不知道呢，第一次爱的人，是一场永远的梦境。

人生短暂，你怎么醒。

6

掐灭这支烟，一气灌下一杯红酒，我去开了房门。

果不其然，男人蹲在外面。

香烟在他手上明明灭灭，地上是杂乱烟灰和一堆烟头。他抬起头，红着一双眼睛看我，声音糯糯的，宝贝，生日快乐。

从前他不总抽烟，一包里有四分之三都是落入我手中。

可后来我逼他抽得多了，日子一长，他吞云吐雾的时候，也就多了起来。

人和人一起生活，总归是会彼此改变的。

“对不起，我赶你出来。”我随他蹲下，扯过他的手来，就着吸了一口。

烟雾在嘴里转了两圈，被我吐到他的脸上。

他紧抱我。

同居半年来，记忆里他似乎从未这样用力地抱过我。

男人臂力强大，我被锁在他怀中动弹不得，却难得的，想要为此而感动落泪了。

许久，他说："菜凉了，回屋吧。"

我看着他起身回头牵我的身影，忽然觉得所谓俗世之中，那些被女人们称作男友的生物，应该不如固定免费床伴那么简单。

而很多的一生相伴，也不仅仅是将就吧。

一生之中，几十载的时光，仅是初恋梦一场，岂不是可惜吗？

于是我问他："介意娶我吗？"

他慌了。

急匆匆拉我进房，弄碎还未承载过愿望的蛋糕，掏出里面的钻石戒指来，声音微颤："这话，当然应该我说啊。"

这么多年之后，我第一次为了新的爱情，而落下泪来。

7

第一次爱的人，是一场永远的梦境。

有些人活在梦境里，一生不醒；

有些人活在现实里，余生不忆。

你别担心梦醒之后，我会枯萎太快。

此后半生，已有新人，为我造梦。

姑娘你要嫁人，不要嫁给别人

1

在身边第三个女孩通过相亲步入婚姻生活的时候，我终于意识到，在如今的社会，我固执的少女幻想已是孤立无援了。

已活二十多年，我那颗想要嫁给爱情的心从未变过，一如十七八岁的时候，虔诚而真挚。

我最好的朋友阿清逐渐地靠近了老一辈口耳相传的传统思想，觉得日子是日子，爱情是爱情；觉得爱情是一场年轻气盛的梦，只存在于20岁之前轻狂的人生里。

毕业之后，她在北京找了份工作，朝九晚六的，在地铁站和公司、出租房的三点一线中奔波。家人张罗着在老家给她物色结婚对象，比对着照片和身世，一户人家一户人家地看过去。

她说，她想要不太忙的男孩，不能够做着医生或警察那样危险的工作，家里要有两套房子，一套自住一套出租，月收入最好能够在一万块以上。

她说，男孩还不能没有谈过恋爱，也不能谈过太多恋爱。男孩最好是独生子，父母都有着自己的退休金，不需要子女赡养的那种。

字字句句听在我耳中，我眯了眼，说她荒谬。

可阿清摸着咖啡的杯壁，笑容甜美："这才好呢，嫁进去又不受累，又不受苦。"

家中选了两个月，终于给阿清挑了个各方面都合适的单身男人，阿清与他加了微信，有一搭没一搭地聊了月余。国庆假期，阿清回到福建家中，与那男人挑了日子，摆了订婚宴。

我想起阿清说过的那句话，18岁才有爱情，25岁就该有家庭了。你啊，别天真。

又想起大学的时候，我们为了心仪的男孩子心痒痒的那些日夜，觉得往事如烟，俱是一片荒唐。

我没有再说些什么。

2

我不知道这个时代是怎么形成的，他们口口声声的“爱情虚无论”又是如何出现的。可我却知道，在我很小的时候，事情就早已有了苗头。

那些长辈们的婚姻与家庭，都在铿锵有力地告诉我，爱情是爱情，虚无缥缈，没有实体。

小时候我调皮，总爱偷听长辈们唠嗑儿，逢年过节的，大家族里，舅舅阿姨们聚着烤火喝茶，嘴里说得最多的就是街坊邻里近远亲戚的家庭八卦。

谁谁谁在外边和一个小老板好上了呀；谁谁谁离婚了，马上把小三带回家了呀；谁谁谁相了半年亲，终于找着合适的姑娘，人家一上来就要三十万彩礼呀。

我觉得挺奇怪，也不知是哪里出了问题，总归长辈们口中的婚姻、家庭，和爱情毫无关系。

我外婆生了七个小孩儿，其中一半到现在都离婚了，另一半在日日夜夜的抱怨和争吵中凑合着过。

我妈和我爸见了三四面就订婚了，我妈后来和我说，差不多也就刚记住他名字的那个熟悉程度。后来观念不合，凑合都难，在我 10 岁的时候，一场官司，两人分开。

我舅舅的孩子，我大哥，爱上了一个不愿意和他结婚的女人，两人相爱相杀到现在，也没把事儿定下，今年，我哥三十有六。

我二哥呢，倒是在家长的催促下早早地就结婚了，一结婚就和妻子分开，一个在北京一个在上海，异地婚姻。说来，我除了婚礼那次，没再见过我这嫂子。

我妈曾经有个好姐妹，我叫她桂姨。桂姨是个年过四十仍旧天真如少女的人，性子可爱得紧。可是她呢，追求爱情，一次次嫁给了自己心爱的男人，再一次次离婚。几年前她第三次离婚后，离开了这座城市，我再也没有见过她。

我自己呢，也有个好姐妹，中学时早恋，爱上了隔壁学校的一个男孩，这两人缠缠绵绵，一爱就是六年。大学她没去上，打理着自己的淘宝店铺，和男友过着闲闲适适的小日子。后来她怀孕了，两人一商量，把孩子生了下来，直到现在孩子大概 3 岁，却还没有结婚。

上次回家的时候我看见她男朋友，在 KTV 里帮另一个女孩儿挡酒，我想，也许他们不会结婚了。

就连我自家长辈都是这么教我的：你啊，不要太信爱情。一个人能对你好，就能对你不好。你可以嫁给一个人的钱，嫁给一个人的性格，嫁给一个人的家庭，但是不要光是为了一个爱字，就和谁许下一辈子的诺言。

你铁定输的。

你们看呐，我这么长大，怎么可能还信爱情。

可我是少女啊，我的心里，总是会有一些不甘心的。

我怎么能不对爱情抱有一点奢望呢？

那是书本里，作家们用极尽细腻的笔触，千万字去描绘的深情啊；那是电影里，导演们用精妙的巧合和温柔的画面，一帧帧留存的命运啊；那是少女奇妙的梦境，寒风中露出的半截大腿和甜美笑容啊。

我怎么能听过了这些家长里短，人生琐事，就不去奢望呢？

3

后来我长大了，爱过许多人，谁也没留下。

可我还是固执地坚持着，一直到那一年我20岁，去到海边的小镇上实习。

我在疗养院做一对老人的管家。

老人都已经八十多岁了，婚姻生活半个世纪，早已经子孙满堂。

他们是一路看着中华人民共和国成立的那批人，年轻时经历过大荒灾，也打过仗，后来日子好了，住在北京的大房子里，也见证了房价的飙升和金融危机。

爷爷早起，五点钟就要散步，下楼时却总是会招呼我给奶奶备上一杯温水，每天给奶奶送去的早餐都要亲自过目；

奶奶喜甜，可爷爷不能吃甜，所以奶奶也总是不当着爷爷面吃，偷摸来厨房的时候，我就知道，该给她一碟水果了；

奶奶腿脚不好，爷爷每回都牵着她上楼，也不用我帮忙，就自己牵着自己的媳妇，慢吞吞往上走；爷爷眼睛不行，所以奶奶每天上午找我要了报纸，架着老花镜，在二楼阳台处，一字字读给爷爷听。

爷爷就背手站在阳光下，热带的阳光泛着金色，一路透过成片的椰子树和凤凰花照进来，印在人身上，影影绰绰地闪着光。

奶奶戴着老花眼镜，温柔地坐在贵妃椅上，声音不大，却软糯如糖。

有很多次，我无意中经过侧厅，都会被这幅画面美得久久难以回神。

奶奶和我说，她跟爷爷时才十六岁，到如今，已经七十多年了。

他俩的日子，坏过也好过，但还好最终是好的。感情也是，腻过也吵过，但还好，最终是腻的。

“你这爷爷啊，一把年纪了，还跟个孩子似的。”奶奶拍拍我的手，笑着说。她望着爷爷，眼睛里闪着柔情满溢的光，我在那一瞬间，分明看见了爱情的实体啊。“你啊，以后要记得，要嫁给一个互补的人，互相包容和扶持，余生才会幸福。”

我点点头，心中又冒出几束，有关爱情的火苗。

4

再后来，我暑假去做义工，租住的客栈是一对夫妇开的。老板扎着小脏辫，文着大花臂，抽着大前门，看上去贼凶。而老板娘呢，却是个养了一窝猫，一笑有梨涡，戴着满身佛珠，没事儿念念经的女孩。

他们结婚以后，旅行至龙龛，便在那里开了家客栈，客栈里种满了多肉，弥漫着经香，实在令人沉迷。

客栈的老板说，那一年我头一次来大理，虽然不明白这地方有什么好的，可我在洱海边那么一坐一下午，就突然觉得，要不留下来吧。后来呢，看见了个傻姑娘，就想着，要是能泡到她，回头来这儿开家客栈，送给她。

没想到真的做到了。

老板娘比老板年纪大上几岁，说起初认识的场景，至今还是觉得好笑。她说，头一回看见他的时候，邋里邋遢的像个毛孩子，还真没看成是自己这一辈人。没想到啊，没想到。

两人在一起以后，老板给整了场特浪漫的求婚，然后一无所有地就娶了我老板娘。等到我去的时候，他俩已经结婚一年，旅行半年，在龙箟开起了漂亮民宿，过起了神仙般的小日子。

每次说起那些过往，老板娘素净的脸上总是会泛起红晕，笑着笑着，就捂住脸眉眼弯弯。老板坐在一旁，还是脏辫一头，胡子拉碴，却像个大男孩似的满脸羞涩。

贼他娘的好看。

前几天我刷朋友圈，看见老板夫妇同步更新了一条，两个加起来都六十来岁的中年人，在人民路上，噘着嘴亲吻，阳光洒下来，照在他们身上，我突然觉得，这就是爱情的模样。

你说我从这些毫无关联的瞬间里明白了什么呢？

我明白了，此生啊，宁可不嫁人，一旦嫁人，非得嫁给爱情。

我是少女嘛，由得别人怎么劝，例子摆眼前，我不管，多大概率也好，我要嫁给爱情。

姑娘你要嫁人，不要嫁给别人。

爱你就是，我想与你虚度人生

1

熊培云有一句诗说：为什么我能抗拒，世界的虚无，却无法抗拒，与你虚度。

我第一次读到的时候，才满20岁。

那一年我恰巧爱上一个老男人，爱上他那一天，我与另外的朋友住在外面，森林里夜风飒飒，我们居住在被树木包裹的房子里，一瞬间如同置身牢狱，一瞬间犹如获得自由。

我听着他在风声中，絮絮叨叨同我说着那些大小道理，生活琐事，觉得心都要爱碎了。

有些人是这样的，他们才华横溢，又温润如玉；同你志趣相投，却比你宽广得多。二十年来我唯独遇到他，让我觉得难能不爱了。

我问他爱不爱我，他轻声笑起来，什么也不说。

于是我问他，那怎么才是爱一个人呢?

他终于说。

他说，付出时间就是爱吧。

2

从前我是个那样的人，我喜欢鲜活动人的肉体，喜欢少年明亮的笑意，字句间皆是柔情。

爱上他之后，我却总是想起一句话：带我去荒芜里，或者跟我走，去体验鲜活。

他比我老太多了，不动声色地冷漠着，看起来处处是荒芜。

他总说他老了，他说他的人生规规整整，没棱没角，我看得越是清楚的时候，便会觉得越是无趣。可那么多个深夜未眠的夜晚，我抱着手机等待他回复给我的那些只言片语的消息，胸腔里满满都是涌动着的爱意。

时间愈是久，就愈是浓厚。

我是多么不服管教的一个人啊，却对他说的字字句句奉若真理。

他说你不该这样张扬，把所有的个性和漂亮展露人前，会招人嫉恨；他说你不该如此放纵，生命短暂或长须看你如何过，我更愿你能长命百岁；他说世人皆庸碌，你保持着自己的少女天性，不必与他们同流合污。

我听着他絮絮叨叨，听着他苦口婆心，一字一句，都是为父为兄者的苦心。

可我却不愿意变好。

我将越来越多的坏习惯摆在他眼前，被他看见，我希望他永远担心我，教训我，舍不得离开我。

年轻的女孩子，面对爱情的时候小人招数使尽，像孩子一样耍赖皮，像小丑一样演杂技。

他轻声说，你爱到傻了。

3

我是爱到傻了。

我再也离不开他，却又逼不到他松口说爱，只能每夜每夜放下少女的矜持，主动去找他聊天。

我和他说傍晚路过白鹭溪时，夕阳洒下来，云朵是金色的，有学生在湖里游泳，灵活又矫健，被金色包裹，像凤凰一样漂亮；

我和他说晚餐难吃，自习无趣，情侣们躲在后排卿卿我我，学霸们在前面奋笔疾书，只有我坐在中间，不知所措；

我和他说有个男孩子约我，他还给我买了味道不错的抹茶蛋糕和包装精致的礼物，礼物我没收，蛋糕却忍不住吃了；

我和他说长夜难眠，想你。

我是真的想他，想他能够想到在寝室的被窝里悄声哭出来。

那时我 20 岁，人生中一个全新的阶段在向我招手，我向来那么对错不分，顽劣不改的一个人，在面对爱情的时候，一举一动却像个傻子。

我告诉他，你虽然什么也没做，却总是在引诱我犯罪。

我该怎么办呢？

然而他低声笑了笑，说，你太小，还不懂什么是爱情。

那什么是爱情？

付出时间就是爱情。

4

可日子一天天过去，我还是不曾拥有爱情。

朋友们见我爱得魔怔了，拉着我离开寝室，满城市地玩儿。他们说天涯何处无芳草，你就该见识见识乾坤之大。

我认识了许多男孩子，他们模样好看，说话逗趣，懂得说爱。

一句句情话灌进耳朵里，蜜糖一样甜。

我和他说，有人和我表白了。

他沉默一会儿说，要是觉得不错，就去试试吧，我的小姑娘。

我说你确定吗？

他笑了笑，没有说话。

我哭了一整夜，我想他是不爱我。

他要是爱我，如何会放我去同别人相处呢？

以前我在书里看到一句话，说：我们的爱里总是有一种痛苦，与灵魂相仿佛。

后来的每个夜里，我爱他爱到不行却难以证明什么的时候，我总会想起这句话来。

最终，我试着开始逐渐减少找他说话的时间。

最初的时候，每晚七点我出门散步时，便会开始同他絮叨这一整天发生的事情；后来，这个时间逐渐延迟到八点我在学校操场上坐着休息时；再后来，逐渐变成九点半我回寝室之后；然后变成十一点我上床躺着。

终于有一天，我告诉他：您好，也许明天开始我不再找您聊天了，因为每个夜晚我爱您的时候，都会被自己想要得到更多的心情击毙。我想，我还是不爱好了。

他笑了。

我的老男人，在电话那头，轻描淡写地问我，你想要得到什么？

5

我觉得委屈。

原来有些情爱再美，也不过是一场错罢了。诗人笔上生花，将明恋暗恋描绘得如伊甸园一样迷幻，却始终无法令罪恶结出果实，令不爱变成爱。

我想，也许那个夜晚，当真会是最后了。

我同他说。

我说我好歹也是个姑娘，巴巴地追着你跑，每天绞尽脑汁找着话题，又怕冷场又怕尴尬，这么都几个月了。爱也说了百遍，讨好也百遍，你从来一脸高深莫测不说，如今还让我去和别人在一起。

他低声说，我没有。

我却不听。

我说我明知道爱一个人不该求回报，感情本就是拿命去贡献自己。可我怎么办呢？我还是忍不住也想要你对我更好一点。这么久以来光是一个人在感情里转，转得我都快要吐了。

他低声说，我晓得。

你晓得什么呢？

你要么就是说我的世界广阔，与你的狭隘不同，你追不上；要么就是不厌其烦告诉我，比起这吵人的热闹，也许我更加需要睡上一觉；要么就只是知道惹怒我，明知我在意什么，恐惧什么，偏拿那些来砸我。

你什么也不晓得，你只是会仗着一个年轻女孩子给你的爱情肆无忌惮，作威作福，分明不爱我又不明说，又不肯试着爱我。

夜很漫长，我们之间有长久的沉默。

他仍是低声说，是你什么也不晓得。

6

之后他挂了电话发语音过来，接听之后便一直在笑。

细细密密的，笑得人心里痒痒。

他说，你平日里聪明，怎么碰上感情就变得这么傻。

你怎么也不想想，我一个人管着一家公司，创着业呢，手底下一帮弟兄都要吃饭，如履薄冰的时候。为什么我就能由着你闹呢？

你七点钟找我聊天的时候，半个小时就嚷着要运动跑了，我当你是害羞，也不拦你；

八点钟时，我们聊到你九点半回寝室洗漱，洗漱后你刷微博知乎，我也就不扰你；

九点半找我聊天的时候，聊到夜里十一二点你困，从那时起，我们才算开始互道晚安；

后来你直到困了才找我，聊着聊着，就是三四点，有时直接天亮了，也就直接早安吧。

我可是第二天要上班的人啊，小姑娘。

你以为真当哪个小姑娘来找我说话，我就会掐着时间秒回，再一路和她聊到天亮吗？

你以为半夜一两点的时间，我真的有心情和一个来路不明的小东西聊萨特和海德格尔吗？

你以为靠你自己真不冷场啊，那些十条八条的，不是我发过去的是什么？

要我说，你绞尽脑汁找的话题啊，真是烂透了。

谁要在半夜里聊哲学和诗，晚餐难吃作业好难啊？

我听他说完，反应了好久，突然高兴了。

我问他，那你是不是爱我？

他说，你知道爱是什么吗？爱是为一个人付出时间，忙碌的或不忙碌的，紧张的或不紧张的，爱一个人就是对方顺位第一。

哎，我的小朋友，你说我爱不爱你？

7

付出时间就是爱。

后来，我一直将这句话奉若真理。

我们继续在深夜里聊哲学和诗，难吃的晚餐和写不懂的作业，他时时笑着，笑声细密柔软，挠得人心里痒痒。

我常写字，却嫌爱字露骨，只敢左右掰扯，写些模糊不清的喜欢。他闲来无事，便总是猜测，哪句话与他有关。

而我一直想对他说，其实每句话都与你有关，我这人情绪不多，能给的，都给你了。

请放肆去高估你自己，不用担心是自作多情。

可不知怎的，得知他爱我以后，这话却如何也说不出口了。

一个被爱的少女，一切的矜持和骄傲都回来了。

有时我们再聊到那些日子，我巴巴地追着他跑，一面气他，一面又忍不住爱他。

他说，实在是不能够更加可爱了。

他说我与他不同，我周身都是鲜活的气息，一靠近他，就好像要融化他。可是怎么办呢？他声音低低地挠人，我却只想被你融化。

你出去玩闹的那些日子，我多想扯你回来，骂你一顿，告诉你做好姑娘不可以朝三暮四水性杨花，一面攥着老男人的心，一面觊觎少年郎的脸。

可是我又觉得，不该留住你。

你是自由的。

我吸溜一口手里的橙汁，满脸无赖地笑嘻嘻，说好了，我自由，你可不自由了！

8

为什么我会爱你呀？

因为所有闲暇的时光里，我只能够想到你，也只想要你。

因为所有荒唐的梦境里，我希望陪着我的人是你且只是你。

因为我的生命里所有的孤独，所有的迷茫，所有的荒唐，都是因为那时还没有你。

因为你是我的朋友和亲人，是我的书本和风景，是我的年轮和路径。

因为遇见了你之后，我已想把我的人生，悉数奉上，都献给你。

你爱我吧，就像我爱你一样，把我们的人生都葬送在对方的人生里。

付出时间就是爱吧。

不然什么才是爱呢？

很久以后，我终于又一个人生活。

我高唱着酒醉三场，又是来生，一个人和寡味的生活战斗。

深夜未眠的时候，我读到了熊培云的一首诗。

里面说，

为什么我能够

抗拒这个世界的虚无

却无法抗拒

与你虚度

我想起很久以前，我上大学的时候，那些个为了爱活着的日日夜夜，我生命中从未那样充实过。

那时候我爱一个人，爱到明知极美的花难以养活，却仍旧潜心浇灌，费力保护那羸弱的花骨朵儿。世间事物，但凡扯上爱的，总让人心疼许多。

而什么是爱呢？

无法抗拒与你虚度，便是爱吧。

人生太长，若是有你，也不难熬。

我有一个故事，有关于风暴爱上少女

1

在我很年轻的时候，曾经爱上一个男人。

他长发，清瘦，笑起来有梨涡，眼底是一片汪洋。

我沉溺进去，任由那片海裹挟着我下坠，旋涡转起来，线条优美。

我和别人说，那个男人，他的睫毛扇动，就会引发一场风暴，吞没我。

然后浪，消失在浪中。

我听说每个年轻人都曾有过这样的时候，爱上了一个人，然后丢失了自己。

就和我爱上他的那时候一样。

我无数次走过我和他初遇的那条街，买下那杯曾见他喝过的咖啡；我拍下每一张他也许会爱的风景，试图用所有我能驾驭的文字展现爱情。

我想象着，从这样的方方面面里，去寻找蛛丝马迹来证明，总会有那样一个时候，他也会如同我爱他那样，饱含着赤诚的深情和天真的爱意，将那份爱，放到我手里。

我翻遍他的社交网络，混进他的朋友圈里，将他的前任排列整齐，按照胸围、身高和脸蛋标记。

我解读星座和属相，研究周易和八卦；我学习编程和钢琴，了解足球和电音。

路过每一个年轻人的时候，我拿出我的笔记，问他，你觉得我和我的男孩会不会在一起？

然后，再运用统计学去算概率。

年轻的女孩子总是这样义无反顾，一往无前，她们知道爱情能够治愈一切，所以一个个的，都拼了命地，想要找到永远。

那个时候我还很年轻，我不知道，愈是深爱，愈是容易夭折；而愈是难以放下的感情，愈是容易，没有什么好的结果。

我不知道啊。

我翻遍了星座书，算尽了塔罗牌，问遍了每个人，甚至在脑海里一遍一遍和他过尽了一生又一生。

可唯独见到他的时候，我却不敢正视他的眼睛。

2

每一个星期六的下午，他会提着电脑，来到这间 24 小时书店写稿。

在旁边的便利店里买好矿泉水之后，他走上台阶，左手拉开木门，先迈右脚。他先走到吧台要一杯热拿铁，再拐到书区拿两本书，然后走到右侧落地窗旁边的桌子坐下。

坐下以后，他啜一口咖啡，静静发一会儿呆。然后，他会起身到窗户那儿，把外层的白色纱帘拉上，开始读书。整两点。

而我坐在他后面的那张桌子上，从清晨便开始等待他。

我想象过无数次和他搭讪的场景，问他问题或是向他借笔，留张字条或是留封长信。可仍旧是每一次，这种由荷尔蒙主导的情绪冲动都被内心深处卑微而又无望的情绪击败。

我挣扎，我也溃不成军。

那一年我才 17 岁，高中二年级，学校里周周测验，卷子一叠一叠的。

我本应该每日都奋笔疾书到深夜，日出时睁开惺忪睡眼，学校里朗朗读书声，是我困倦的终点。我本应该在周末奔波在各个补课教室间，老师会拿被粉笔染白的指节敲敲黑板，说注意了注意了，倒计时八十天，而同学们，正襟危坐，死一般的沉寂。

在这个年纪，在这个时刻，我爱上了这样的一个人。

于是在不分性别的高中时代，我鲜活得像个少女。

那句话是怎么说的，你本无意穿堂风，偏偏孤倨引山洪。

就这样，在每周六一个背影的相约里，我爱了他半年。说实话我从未觉得我真能有天得到他，我也不指望着这样的坚持能够改变什么。

可十七八岁的年纪，总还是有些没来由的傲气，拿到成绩的那一天，我坐在他身后，对自己说，我不要永远只看他的背影。

至少有那么一次，我想正大光明地，站在他面前。

我考了年级第一名。

在校门口吃过两碗鱼蛋后，那个周五，我冲去了书店打算找他。

我从没在周五的时候来过这里，我告诉自己，如果他在，就表白。

他果然在。

他正从书店里出来，一手拿着手机摆弄，一手拎着电脑。他长发，瘦削，脊背挺得直直的，朝我迎面走来，像是一场风暴。

我拦住他，故作矜傲地说，嗨，我有一个故事。

他抬起头，盯着我看了很久，微微笑起来。

什么故事？

或许是年纪太轻吧，我还不明白的事情有很多。

比如说我不明白，为什么我心目中的天神，他会理会一个眼睛圆圆脸圆圆，看起来不太可爱的冒失姑娘；

比如说我不明白，为什么他会突然对我笑，甚至扯着我的袖子钻进旁边的咖啡馆里，为我买上一杯热热的红豆奶茶；

我不敢深想这一切，我怕我会以为这是爱情。

3

我讲了个故事给他。

风暴来临的那一天，少女穿着小裙子，赤脚坐在阁楼的屋顶上。

少女看见风暴是个披着黑色斗篷的绅士，披风的帽檐压得很低，挡住了他的上半张脸。

能够看见的五官里，他的嘴唇薄而苍白。

风暴来的时候，席卷了森林里的树叶和飞鸟，辽远的平原上兽类被风追着奔跑，飞禽野兽在嚎叫。而他停在最高的树枝上，一动不动。

风卷起了他的斗篷，在他身后张开，成为一张大网。

少女就坐在阁楼的屋顶上，被这张网圈住，无法逃脱。

他飞过她头顶的时候，低头看了看她。

少女爱上了风暴。

少女说风暴的眼睛里有旋涡，像是太平洋中央因为地壳运动而产生的黑洞，她看一眼，就会被吸进去，一直落到地心，爆炸在有他的世界里。

一树一树的叶子扬起来，绕进一城一城的风。暴雨如注，浇灭了窗台上的蜡烛。

风暴他，如何才会爱上少女呢？

她跑去问了小溪，问了大树，问了台阶，问了玻璃，所有人都敲敲她的脑袋，说她疯了。

他们说，傻姑娘，风暴是凌驾于自然万物之上的宇宙定律，你个小娃娃，他怎么可能会爱你呢？

少女捂住耳朵，不听不听，王八念经。

风暴很快就去了另一座城市，再次经过少女窗前的时候，他没有停。

姑娘想要追着他去，她赤着脚丫，跑过了一树又一树的花败，跑过了一盏又一盏的黄昏，可她跑坏了双腿，摔疼了手臂，却也没有追上他。她趴在风雨带来的泥泞里，看见他的背影，越来越远，越来越小。

她说，风暴就是风暴，他不会为了任何人而停留。

春夏秋冬。

少女的伤口愈合了，心却仍在滴血。

她只能等待来年雨季，风暴再一次降临。

这遥远的，无望的爱情啊，禁锢了一位鲜活的少女。

可这任性的，娇嫩的少女啊，她甘之如饴。

4

他低着头安静地听着，睫毛半垂下来，在眼睛下方，洒下一片阴影。

我摆弄了两下手里的红豆奶茶，盯着他看。

许久，他抬起头来，看着我说，故事不是这样的。

风暴来临的那一天，少女穿着小裙子，赤脚坐在阁楼的屋顶上。

风暴看见少女的时候，已经卷起了半个森林的树叶和飞鸟，这座城市被风吹到半空中，人间混乱。他披着巨大的斗篷站在旋涡中心，面无表情。

他看见了一个姑娘。

姑娘赤脚坐在离他不远的那幢房子的屋顶上，穿着白色的绑带小裙子，脚趾头微微缩着。

她显然也看见了他，睁着大眼睛打量，眼神哐当哐当，一下下落在他身上。

这座城市都在半空之中旋转，少女的花园少女的家，少女的远方少女的童话，通通在他脚下。

风暴看着她懵懂的眼神，突然害怕她看清自己的模样，他低下了头，让帽檐遮住了他的脸。

可最终，风暴还是没有忍住，在经过少女头顶的天空时，偷偷看了一眼她。

少女像是树洞里的精灵一样，眼里有星星，嘴角有蜜糖。

风暴给每一个城市都带来了旋涡，卷起了一城一城的风啊，一树一树的花，没有来由的，他总是想起那个楼顶上的姑娘。

她赤着脚丫，歪着脑袋，眼睛大大。

平生第一次，他痛恨自己不是个普通人。

他爱这世间万物，却不敢爱她。

再一次经过少女窗前的时候，他没敢停。他怕只是多留下一个眼神，他便会溺进这温柔乡，而把一切责任都给抛下。

风暴生来就是风暴，该为风雨无偿献出此生，该在人间旋涡中死亡。

他们没有爱情。

可是少女追来了。

她脆弱的脚丫踩在粗糙的泥地上，石头磕痛了她，玻璃划伤了她，树枝绊倒了她。

风暴狠下心来往前跑啊，他不能停的，他不能停下。

他听见少女的痛哭和尖叫，回头看见她昏倒在他身后的路上。

他终于停下，狂风肆虐，旋涡四散，整座城市被暴雨侵袭，分崩离析。

而他呢，他披着自己的黑色斗篷，抱着她。

春夏秋冬。

风暴再也不会回来了，就和这座被旋涡席卷了三天的城市一样。

少女不知道，他将她放回床上，帮她治疗，等她痊愈。

那几日，小阁楼油灯温暖，无风无浪，待在无边废墟之上。

我的少女啊，可是你能痊愈。

这座城市只有你能痊愈。

5

我盯着他看。

他低沉沙哑的声音从我耳边传来，在耳膜处造成阵阵回响。

“海鸥也会爱上鱼，风暴也会爱上少女，这个世界关于爱情，没有什么正确的法律。”

他伸手过来，碰碰我的奶茶杯，“我知道你爱喝这奶茶，也算不上什么稀罕事。”

是他说，对于爱情，一切来自外界的说明都是不适用的。

传闻说男孩长得好看，要么难追，要么好上；传闻说男孩喜欢暧昧，给睡却不给爱；传闻说被爱的男孩不会爱人，爱也滥爱；而女孩子，去追求谁便会输了谁。

甚至网络上，那些有关于星座和属相的分析，有关于性和爱在男孩心中是何意义，有关于好看的男生喜欢的女孩 Tip 100，有关于他，是不是会爱你。

却其实和他无关。

一切来自外界的，都是无意义的分析，和揣测人心的道具。

我看着他，只觉得我的男孩，才是全天下第一特别，第一独一无二的人啊。

我想要爱他。

我听见心底传来声音同我说，那就去爱吧。

去感受被少女心事折磨得心痒痒的时候，去打听，去窥探，去和他擦肩而过；就捧上那饱满的深情吧，去偶遇，去告白，去记住那些脸红红的笨拙，和心狂跳的不安；

直接的，真诚的，赤裸的。

不畏手畏脚，不玩弄手段，不哭着求和，不问值不值得。

就享受吧。

从这样纠结难耐的过程开始，到走进逐渐明晰的道路，到迎来答案赤裸的结局。

人这一生，能完整爱一场，已不容易。

握紧手里的奶茶杯，我笑起来，举杯一饮而尽。

嗨，男孩，我要你。

6

我开始追他。

矜持又大胆的，放肆又有礼的，害羞又坦荡的。

我发现每一天下午，他其实都在书店。于是我学会，在每天下课以后，到书店门口堵他。

他皱眉的时候，我举起手上的咖喱鱼蛋，眉眼弯弯：“为了请你吃这个。”

他转转眼珠子，不置可否。

转身的时候我看见他眼尾有笑容。

鱼蛋交易的次数差不多后，我开始缠着他给我补习。

我假意不会解三角函数和立体几何，非要他拿铅笔一次次演示算法给我；

我假意看不懂英文阅读学不会语法运用，非要他小声读着句子，一遍遍教我。

偶尔他抬头喝一口咖啡，顺便瞥一眼我，我就在桌下暗暗捏住拳头。

不能，不能哭，我对自己说。

我给他留了小纸条，我告诉他月上柳梢头，人约黄昏后。巷尾那棵大树下，不见不许走。

他犹疑着接过，颤巍巍打开，扑哧一声笑了。

我双手背在身后，假装无所畏惧，踮脚歪头亲了他一口。

手汗湿哒，转身时我蹭了把裤子。

哎呀我的少年啊，真可爱。

我决意脱了这身宽大校服，卸了背上这厚重炸药包，拿上我年级第一的成绩单，给自己抹抹粉涂涂口红。祖国的花朵无所畏惧，奔跑在追求爱情的路上。

那一年我 17 岁，人生中头一回情窦初开，情根深种，情不知所起一往而深。

我以为我爱这个人，会爱一生了。

我以为他也会爱我的。

回回考试千人战场我从未输过的，兵来将挡水来土掩佛挡杀佛。我以为人生也是如此。

他收了我的鱼蛋，收了我的纸条，他理应爱我。

如同我爱他一样。

而直到很久以后我才终于明白，原来他说，这个世界上关于爱情，没有什么正确的法律。适用的不只是有关于风暴和少女的爱情。

柳梢头黄昏后的大树下，他没有来。

他同样留了张字条给我，挂在显眼的树干上，生怕我发现不了。

“我喜欢你天真的热情，和无赖的把戏。

我喜欢你鲜活的样子，像是冬日的阳光，温暖又不逼人。

我只是不再喜欢爱情。

在我 19 岁的时候，爱过一个女人，那是一种一日天堂十日地狱的爱情，她的眼睛里有一场无尽旋涡。

后来，我浪迹天涯，再也没有爱过谁。

请原谅我，我的生活平静而悲伤，容不下另一位少女了。”

我甚至不觉得悲伤，我只是有些无措。

说出来怕人笑话，但从那一瞬间开始，我好像真正理解了爱情。

有的人一生千疮百孔，有的人一生只给自己打一个洞。

我再也没有去过那条街。

彻夜做题的时候，我偶尔会很深地怀念他。

我想起他瘦削的背影，略微有一点高低肩，他的长发落在脖颈里，我能想象到那股柔软的刺痒。

我想起他接过鱼蛋的时候，眼角皱纹摞起来，笑意惑人。

他大概也不年轻了吧。

他的一生中，也出现过一场风暴。

如同我一样，爱而未得。

风暴过去以后，他成为如今的样子，颓废且积极，沉默而昂扬。而很久以前，在他 19 岁的时候，他该也是祖国的花朵，奔跑在追求爱情的路上。

就享受吧。

海鸥也会爱上鱼，风暴也会爱上少女，这个世界关于爱情，没有什么正确的法律。

你也会有一个，关于风暴爱上少女的故事。

和所有人的，都不一样。

时间帮我们记住这一切。

漫漫人生，不过场场偶然

1

春天已经单身整整 25 年了。

“母胎单身”这个词出来以后，我把这四个字印在手机壳上送给了她。自此，逢人问起感情生活的时候，春天就举起手机，面目含凶，一言不发。

可其实，春天一直在渴望一段爱情。25 年啊，这动作快的都子孙满堂了，动作慢的也该亲亲抱抱了吧。更何况，现如今已经是快餐爱情的时代。

多年的寂寞在逐渐往一个可怕的临界点攀爬，在漫长又稳定的孤独终老之路上，我觉得春天捱不到下年春天来临的时候，就会火山爆发。

可其实呢，春天没对象这件事儿，又不能赖她。在她的年薪突破 100 万的时候，她的时间就不再属于她自己，而属于她的公司了。她确实非常非常忙，“996”这种工作制度早就不在话下，她甚至是“697”。你说，这种用生命在赚钱的法子，她能有个啥对象？

可就是这样的春天，突然之间，就要结婚了。

她的婚礼现场万般盛大，花团锦簇，灯光耀眼，男孩子的长发在脑后扎成小辫，笑容灿烂阳光。婚礼的请柬是全黑的，烫金的字体在上面印着一段话：

是在遇见他之后我才知道，原来爱情，是一件不分场合也不讲逻辑的事情。而一切故事的开端，都来源于一场漫不经心的相遇。我感谢这种偶然。

2

说来荒唐，春天和男友树子相遇在香格里拉普达措国家公园的……公共厕所。

树子是个挺有名的风光摄影师，每一年的工作就是，全球各地地跑，拍一些好看的片子，再把它们卖出去。而春天呢，广告公司里做品牌的，身为公司头牌那可是八面玲珑，处世圆滑的人精。两人怎么看也是，八竿子打不到一块去。

他们认识是在今年春天的时候。

春天拿着攒了好久的年假，嗖地飞到高原之上净化心灵去了，恰好，树子那些天也在香格里拉，准备着给普达措拍些照片。

据春天说，他们相遇在美轮美奂的公共厕所里。

树子身为一个以成为当代艺术家为人生追求的年轻男孩，是一个这样的形象：麻料的盘扣对襟上衣下边是民族风的松垮裤子，瘦削且苍白，头发扎到脖子那么长，在后脑随意地扎成一个发髻，笑起来有梨涡，眼睛眯成褶皱重重的一条缝。

那一天，气候严寒略微带雨，春天是个十足的城里人，为了凹造型穿得又不够厚，生生地，把大姨妈给冻得提早赶来了。冬季的普达措虽然美，但大雪封山白雪苍茫，因此也人烟稀少。这在厕所里头蹲了整整二十分钟后，春天才隐约听到外边有人的动静。

她提上裤子就往外冲，不偏不倚正撞进树子怀里。站直之后，她张口就是让树子给她一片卫生巾。

说起这个的时候，树子白眼都翻到了天上：“当时我都疯了，哪有姑娘开口就要这玩意儿的？况且，我上哪儿给她弄这个去。”

春天在一旁不乐意了，“啪”的一拍桌子：“江湖救急你不懂啊！况且你头发都快比我长了，给我弄个卫生巾怎么了？”

“不怎么，不怎么，”树子摆摆手，笑得牙龈都露出来了，“你最厉害行了吧。”

后来，这件事以树子满山地帮春天向路人借卫生巾，最后终于解救了厕所公主春天为结束。为了感谢树子的义气，下山之后，春天请他吃了顿饭。两个人的奸情，就这么一点一点建立了起来。

春天是个正经的一线城市小白领，而树子呢，又恰好是个从里到外都很不一般的那种人。在他们认识的时候，春天身边像他这种为了梦想而奔走四方的人，一个都没有。可树子说，特殊的从来只有春天而已。

在他们之前，我是不信什么一见钟情这种事儿的。我总觉得，两个人的相爱是一件很漫长的事，我们要互相认识，互相了解，要很长时间地相处，要很久很久地磨合，最后，才能够在一个小概率中，互相爱上对方。

可春天说，爱情这个事，是没有章法的。

那天吃完晚饭之后，三杯松子露酒的功夫，他们就在一起了。

“我相信原始的吸引，我说的不是欲，是每个人身上散发的能量。”树子看了一眼身旁笑成一朵花儿的女孩：“而她，对我来说就是这样一股突然出现的能量。”

“原来人生真的是存在这样的偶然的。”树子说。

3

我想起我的另外一位朋友。

宋词和她的男友阿仲认识在上海最拥挤的地铁站，世纪大道。

是在两年前的冬天，宋词第一次出国度假回来之后。因为她的好室友我本人忙着恋爱，所以她一个孤苦伶仃的小姑娘，在 12 月的上海穿着热带海边的衣裳，再提了个四五十斤的行李箱，穿行在上海晚高峰的街道和地铁站之中。

恰好，下了班的阿仲在 2 号线门前的一列列队伍之中选择了排在她的身后。

宋词穿得太少了，小吊带，外面套了件长袖的防晒衣，下身好不容易穿着的长裤下，是一双人字拖。等地铁的时候，阿仲就在她身后盯着她看。

当然了，过路的人都会抛给她一个看傻子般的眼神。

但唯独只有阿仲，看着看着，把自己脖子上的围巾卸了下来，围在了宋词的身上。

回到宿舍之后，宋词和我说起这个男孩，满心庆幸："还好他排在了我的身后，如果他没有排在我身后，如果他没有把围巾给我，我不知道会错过什么。"

女孩子裹着自己的被子在床上翻来覆去，笑声惊天动地，连带着整个宿舍都笑起来。

"还好我下车的时候借着要还他围巾的理由找他要了微信，不然我不知道我会错过什么。"她激动地拍着床板，男孩的围巾被她包着脑袋，疯癫又透露着年轻的性感。

阿仲也是我们学校的，只不过已经毕业了。

一个月后，他们手拉着手出现在我们面前，说是庆祝恋爱，该请全寝室吃一顿饭。到现在，已经有两年了。

我们都毕业之后，宋词搬到阿仲的房子里，两个人养了一只柯基，开始了一家三口的小生活。过年的时候，我听宋词说，两家已经见过父母，让我准备着份子钱，别到时候把钱都花光了没法儿庆祝姐妹出嫁。

我拍着胸脯，好说。

我身边的人里，有像春天和树子这样在旅途中遇见的，也有像宋词和阿仲这样在平凡的夜晚相遇的，甚至有在酒吧喝多了走错卡座而爱上的，骑着共享单车一同等待绿灯时看对眼的。

每一个偶然，都是爱情。

后来我终于明白了，漫漫人生路上，支撑我们活得肆意而精彩的，不过是场场偶然而已。我们所经历的每一个平凡无奇的时刻，都将在之后的人生中为我们带来难以想象的影响。我们以为自己只是在旅行，在等待，在喝酒，在走路，却其实是爱情，是爱情，是爱情，是爱情。

每一场爱情的发生都是独一无二的。

有人在旅途之中，因为一个回眸或擦肩，而撞见了命定的人；有人在生死攸关的时候，终于明白自己心系着谁；有人一见钟情，有人青梅竹马；有人白头偕老，有人火花一场。

不只是妙曼的场景和美丽的相遇，才会促使关于荷尔蒙的化学反应发生，更多时候，一个不经意的举动，也许就会是半场人生的开始。

诗人说，而一切的起始都是不经意的。

我想，这是爱情，也是人生。

连春天都已经有对象了，你又有什么好担心的呢？

享受每一个时刻吧，谁知道他，会不会在下一秒就来。

毕竟漫漫人生，不过场场偶然而已啊。

辑四

我们爱过又忘记

NI REAI DE YIQIE, SHENGHUO DOU HUI GEI NI

你热爱的一切，
生活都会给你

有人说爱是杀戮场，也有人说是天堂

1

离开这座城市以前，除了每夜醉在那个只卖长岛冰茶的酒吧，我还去了一趟皇后湾。

那条公路还是那样，一面是海，一面是沙，太阳砸在海面上，星星点点的光。我骑着摩托车，在烈日下转了一个又一个弯，沙尘扬起来，混合了风扑在头盔的面罩上，我仿佛要被热浪掩埋。

海风咸腥，这三年也没有变。

我想起来三年前，第一次到这里来的时候。

那是在春末，梅雨时节已经过去，那样一个让人呼吸困难、面色潮红的季节。我还是骑着这辆摩托车，穿过了这片海，这片沙，最后把车停在了那条公路旁。

摘下头盔的时候，我看见你往我这边抬了抬眼。

你穿着白色背心和沙滩裤，靠在小卖部的冰箱上，手里拿着一瓶汽水。太阳透过百叶窗一道一道地黏在你的身上，光影里我眯着眼，仿佛能够看见你唇边金色的绒毛。

汽水是橘子味的。

18 岁的时候有人告诉过我，有一天，我会遇见爱情，咯噔一下，一把火点燃冰窖，一场雨浇灭太阳，一切变得混沌、舒缓，唯独心跳很快。

我坐在摩托车上，一手提着头盔，一手捏着零钱，忽然就明白了他所谓的爱情，其实是怎样一种感觉。那把钱，直到在我手中掐出了水来，我也没有敢再往前走近你一步。

你就那样站在百叶窗里，被阴影分割成为无数碎片，成为了我余生几十载，唯一的慰藉。

而直到很久以后我才知道，第一次的距离，便是一生的距离。

2

这个小镇有山，有海，白日里有光，夜里有星火。

远处是大片的荒野，日落时，海鸟低空掠过水面，隐匿在荒芜中的某处角落。

海水腥咸，透过它们的脚掌和双翅，石头有时能够尝见大海的味道。

那个夏天的每一个傍晚，你都躺在那块海鸟停驻的石头上听浪扑腾的声音。

你不知道的是，每一天，我都透过海边小屋的窗户，偷偷看你。

你总是拎着半瓶橘子汽水赤脚走来，衬衫敞开着，露出里面的背心，你把裤脚卷到膝盖上。有时你会提上半桶小鱼来喂鸟，有时你会带上一本书当枕头。你总是以那个姿势躺在那块石头上，曲着一条腿，用手臂盖住眼睛，抿着唇，不笑。

而这些，都被海风一点点送进了我的梦里。

我们每一天都见很多次，清晨的时候我们在渔港偶遇，正午时擦肩在楼下的小餐厅，隐匿在小巷子里的那家花店，每次我去的时候，似乎也总能看见你。

后来我们终于开始说话。

你说你喜欢冲浪，下午三点浪头正好的时候，你会扛上冲浪板，把自己扔进大海里。你说海水太咸，浪大时难免咽下几口，于是后来，你吃饭的口味渐渐就淡了。你说你来自南方温柔的城市，姑娘们都说着吴侬软语，声音娇俏可人。

你说："她们都是娇媚的花，可我却不喜欢。我心里有着喜欢却得不到的人。"

于是我只能咽下去许多想说的话。

我们约好每天下午两点在小卖部见，喝一瓶橘子汽水，看一看来往行人。我照例每天骑着摩托车过去，摘下头盔时看见你在百叶窗里冲我抬了抬眼。

我们聊高原上终年不化的雪，也聊海底成簇成片的珊瑚鱼群；我们聊 18 岁醉过的酒，也聊 20 岁爱上的人。偶尔你会笑，眼睛弯起来，眼角有细细的皱纹。

每当这时，我都觉得内心格外柔软。

你问过我，会因为什么而爱上一个人。

我说，橘子汽水。

那一天，你没有笑。

天气好的时候，我们去冲浪。你扛着板子撞进浪里，然后往大海深处游去。冲浪板的绳子绑在你的脚踝上，看起来像是束缚着你的巨石。你说要追就追最大的浪，要摔就摔得最狠，那些浅海里游荡的冲浪者，他们不够虔诚。

我站在水里看你离我越来越远的背影，觉得那是我此生都无法逾越的距离。

大浪淹没我的时候你站在浪尖上大笑，而风声传过来，发出阵阵呜咽。

3

不久以后，你就离开了。

你离开之前，我载着你绕皇后湾转了一圈，那一天太阳极热，我感觉到温度从你揽着我的腰间传上来，捂红了我的脸。

我听见你大声喊叫的声音，没有听清你说的是什么。

咸风绕过我的头盔灌进你的喉咙，就像是某种仪式，我难得地，落下泪来。

后来，我无数次对大片的荒野和平房念念不忘，无非是因为那段日子之后，我以为，风把你留在了那个地方。

房子层层叠叠，每一片阴影里都有你的模样。

然而我却再也没有见过你。

那一个夏天，直到整个冲浪季都过去，你也没有再回来。每一个傍晚，我躺在海边的那块石头上，看海鸟从低空掠过的时候，总会忍不住望一眼海边小屋的窗户，你曾经在那里，成为一个少女整个夏日的梦境。

我常常独自一人，环绕皇后湾骑行，那些围绕田野和大海展开的弯道，大片的沙砾和泥土，在那些弯弯绕绕，真真假假之间，再也没有你环抱我腰的触感。

小卖部前有行人步履匆匆，挂掉电话，转头搭上半旧不新的出租车，百叶窗的后面，却没有少年的轮廓。

他们要去哪里我不知道，我只知道，你再也没有回来。

风起的时候，我摘下头盔，看一眼远方。

4

整整三年，这座小镇也没有变。

小卖部的百叶窗还在，楼下的小餐厅还在营业，隐匿在小巷里的那家花店，还是远远地就散着花香。海边的空气咸腥，冲浪者在浅海追浪，和三年前的那个夏天，你说他们不够虔诚时，一模一样。

只是我骑着摩托车绕了皇后湾整整一圈，也再没有哪家店，有卖那一年我们喝的橘子汽水。

我回到了那家只卖长岛冰茶的酒吧，叫了几杯长岛，也不知道是何滋味地喝着。

他们问我见到了你吗？他们要我形容你。

我想起今天走的这徒劳一遭，想起三年前的那个夏天，想来想去，最后只能说，你是凉席上浸湿内衣的美梦。

我又想起那些日子，有无数次，我从梦境中醒来的时候，在潮湿阴郁的夜里，仿佛能够看见，你仰头大口灌入饮料，你抬手遮挡阳光的模样。

我只能深深地，深深地，呼吸，直到窗外的风席卷而过，带走我身上黏腻的温度和对你的想象。

我想，你和我从山顶看见的弯曲河谷一样，是一个辗转的谜。

你和所有停留又远走的阳光、行人一样，是自然万物啊，是永远不会为谁停驻的风。

我就像期盼万物生长一般，期盼你。

我就像等待日升月落一般，等待你。

我就像离开无常时空一般，离开你。

我爱你。

和风吹过山谷时，山谷的呜咽一致。

5

醒来的时候，已经是凌晨四点。

酒吧里只留了几盏夜灯，员工四散睡开，几个醉酒的客人趴在桌上，嘟嘟囔囔。

老板阿 Miu 坐在吧台里，点着一支烟，手里把玩着半杯长岛。

他和我说起这家酒吧的故事。

十年前，阿 Miu 第一次来到这座海岛城市的时候，爱上了一个姑娘。

姑娘是海岛人，黝黑的皮肤，剃成寸头的短发，眼妆厚重。姑娘抽烟，细细一根夹在指间，顺着往上，是一整条的花臂。阿 Miu 说在那个年代，这样的人很少，所以他几乎是一瞬间，就爱上了她。

姑娘领着乐队到酒吧唱歌的时候，阿 Miu 在那里卖酒。

“那是我唯一和她相处的一段日子。”阿 Miu 灌了一大口长岛后，慢吞吞说，“她穿很高的高跟鞋，喇叭裤，又像个男孩又像个女孩，很漂亮。我只有一米六五，连搭讪我都不敢的。”

阿 Miu 说，她们乐队每周来三次，每次来两个小时，一共来了六个月。

六个月后，他再也没有见过她。

姑娘每次唱歌唱到中场休息的时候，总会到吧台点一杯长岛冰茶。后来稍微熟络了，有一天，阿 Miu 问她，为什么总是喝长岛？

姑娘说：“我觉得喝茶也能喝醉，是一件很美妙的事情。”

这句话，阿 Miu 记了一辈子。

姑娘走后，阿 Miu 一直留在海岛，留在地下。他攒了五六年的钱，开了那座城市第一间地下酒吧，里面只卖一种酒，叫作长岛冰茶。

每天晚上，地面上陷入沉寂的时候，楼梯之下，这个隐藏的空间就跳跃起来。有乐队在舞台上敲打着吉他疯狂嘶吼；有姑娘点着烟风情万种，吞云吐雾；也有男孩子，喝着酒流着泪，醉倒在吧台。

每当这时，阿 Miu 总是坐在吧台里，手里端着半杯酒，笑得像是菩萨。

有人说这是杀戮场，也有人说这是天堂。

6

“嘿，小姑娘，阿 Miu 我送你一句话。”他又给我递上一杯新的酒，长吁出一口气，慢吞吞说，“朱砂痣啊白月光，谁放不下谁受伤。”

“每一个老男人，也都年轻过的。”他冲我举杯，“我也一样。”

我拿吸管搅动杯子里的冰块，一杯饮尽。

我突然想起来你。

你穿着白色背心和沙滩裤，靠在小卖部的冰箱上，大口将汽水灌入喉咙的模样。

太阳透过百叶窗一道一道地黏在你的身上，光影里我眯着眼，仍旧能看见你唇边金色的绒毛。

我的手里攥着一把零钱，直捏出了水来。

朱砂痣啊白月光，谁放不下谁受伤。

你是我心口的朱砂痣。

你是我床前的白月光。

大抵这世间，所有开不了口的爱情，都是这样。

总有那么一个人，他偏偏什么也没有做，却得到了我们全部的爱。

我们为了他，陷进所有难捱的美梦里，在现实与幻境中辗转，不知何处才是归途。

人这一生，出现了这么一个人，怕是就毁了大半。

他从未开口说过爱字，我们却甘心被爱桎梏，拱手献上有关于生活的千万种可能。

他不必开口说一个字，我就已经从这段爱里得到一切。

就让我留在这里吧，当咸腥的风吹过我的时候，我还能想起来，那年夏天，那些难捱的美梦。

就让我从梦境中走出，也体会一把茶过三杯人自醉的酣畅，酒醒之后，又是梦一场。

你不必来，我守着这一段过往，已是不负此生了。

爱人，我从未和你一同乘过飞机

1

大花回来的那天，我去机场接她。

她剪短了头发，皮肤晒得黝黑，运动裤配着中山装，咧嘴笑的时候能看见一口晃眼大白牙。

那时我们已经有两年没见，从朋友圈的只言片语里，我大致能够知道，她去了哪些地方。她一个人深入非洲大陆，开着吉普车穿越大片的原野；一个人上了邮轮工作，在无边大海中一漂就是半年；一个人去了北极，在极光流淌的夜里闪现。

她曾经说，她再也不要回来了。

两年前，大花和老叶分手。

从那片海岛回来之后，她辞了工作，拿着积攒了几年准备用做买房首付的钱，搭了飞机就走。她延续了老叶的喜好，开始满世界地找生活，纸醉金迷过后又去贫民窟打工，舒适小镇住过又把各项极限运动解锁。

这两年，她哭笑都不与人说。

等出租车的时候，我问她回来是因为什么？

她说："每次在机场的时候，想到从没和他一起坐过飞机，我就突然觉得旅途，好没有意思啊。"

我一直以为，当一个人不再相信爱情之后，他便能够获得自由。

可其实不是的。

原来就算时间过去，对于爱情来说，回忆却还是那样鲜活。

2

大花认识老叶，是在一项并不顺利的工作中。那一年她初出茅庐，被外派去了三亚跟进项目，而老叶，是对方公司的项目负责人。

她是北方姑娘，这人生的头二十年都一把交付给首都了，左右是哪儿都没去过。而老叶呢，却是天南地北四处闯荡的男人，工作不忙的时候，背上背包就满世界跑。

老叶爱她，是爱她的纯粹；

而她爱的，则是老叶的复杂。

那几个月时间，工作进展缓慢，除了时常熬夜加班气到肝颤之外，大花更多的是溺在老叶的温柔手段里，不可自拔。

老叶教会她游泳，带她去潜水，骑着重机载着她满海岛乱转。

他们每天在一起工作，下了班一起约会，去很多的餐厅和影院，接很长时间的吻。

有很多个夜晚大花都给我打电话，语调里带着小女人的娇羞，百转千回，她说："京，我遇见了爱情。爱啊，这是爱啊……"

我点点头，心里面既为她高兴，又为她担心，我说："是啊，这是你的爱情。"

我突然想起马尔克斯说的那句话：当一个女人决定和一个男人睡觉时，就没有她跃不过去的围墙，没有她推不倒的堡垒，也没有她抛不下的道德顾虑，事实上没有能管得住她的上帝。

大花对于她的爱情，就是这样。

我能够感觉到，这个姑娘，已经将自己的整个心脏连同灵魂和梦想，都拱手献给了她的男人，她永恒的乌托邦。

我问过大花，等到项目结束，她回京之后两人要如何相处。

她似乎从没有想过这个问题，也丝毫不在意的样子，声音里带三分笑，三分向往：“没事的呀，我攒钱每个周末都飞来看他，就是爱到这么有仪式感！”

我笑了笑，说：“是呀，好有仪式感。”

很久以前，我听过一句话：“从没和你一起坐过飞机，总是一个人坐飞机跑来找你，再一个人坐飞机回去。”

想到这里，不知道怎么，心里有一点点悲伤。

那时候，我还和大花讨论过这个句子。我问她，这样的爱情你是要，还是不要?

她也是用和今日一般无二的这种语气回答我，声音里面藏着三分笑，三分向往。

她说：“想哎！如果可以的话，能够毫无指望又小心翼翼地爱着一个男人，偶尔难过，却仍旧是一点懈怠都舍不得，听起来多美啊。用一个女孩子全部的战战兢兢和坚持不懈，去到千里之外，温柔拥抱爱人。”

她终于就要做到了。

3

两人异地之后，我在周末再也约不到大花。

她在每个周五下班之后赶往机场，坐夜班机去到三亚；再在每个周日的下午，从三亚急急忙忙飞回北京。机场的来回奔波和几个小时的飞行似乎对她来说都不算是事儿，她拿着无穷的精力，去延续这一段爱情。

她和我说她们去了水上乐园，去了南湾猴岛，去逛了大马路，吃了椰子鸡；她也和我说老叶工作忙，临时要加班，她一个人在房间里睡了一整天，醒来的时候屋子黑漆漆的。

我有时候问她，为什么老叶从来不到北京看你?

她摆摆手，很无所谓的样子，他啊，工作忙呗。

其实，大花也是很忙的。

她刚入职不到一年，在高工作强度的会展公司里一个人干三个人的活儿。每个周末、节假日、公休这种全民休息的时间，都是会展人最忙的时候。而作为一个新人，除了自己手上的项目，大花更多时候，要做很多零散的执行工作。会展行业都是这样，不限工作时间，什么时候活儿来了，一整个月都无法睡上好觉也是常有的事儿。为了腾出每个周末的时间，我经常看见大花在夜里一两点的时候还发朋友圈，照片背景是公司的墙。

10 月的时候，好不容易捞了个假期，大花带着我去了一趟三亚。

她说三亚极美，像是天堂留在人间的地方，那些海啊山啊，非要亲自去看看才不算辜负。

老叶在机场外边等我们，他拿着两杯咖啡，看见大花的时候眼睛眯起来，嘴角弯起明朗的弧度。热带的阳光很烈，裹住他们相拥的身影，好像在发光。

不知道怎的，我又想起来那句话。

我很害怕大花会受伤，她毕竟是那样一个纯净的、烈性的姑娘。

爱情这东西，有人说像烈酒，其实不是的，比起烈酒来说，反倒更像是劣酒。很多人一喝就醉，醒来时头疼欲裂，嘴里也不会残留麦芽醇香。

我也是爱过的人，也是因为爱过，我才更知道，那些为了爱情不顾一切的姑娘，通常都不会有好的下场。

我们在三亚的后海住了一周。

那是一个小渔村，原始质朴，悠闲舒适，渔民们日出而作日落而息，闲时打牌喝茶聊天织网。没有谁为了工作搁下人生，也没有谁追名逐利舍弃自由。我吃着烧烤、吹着海风的时候，想起北京也有一个叫作后海的地方，在夜里，灯红酒绿，烟酒迷离。

老叶给大花打了一些钱，人却没有来找我们。他说工作忙碌，毫无精力。偶尔的电话之外，不见人影。

我开始恍惚，他们的爱情是不是并非大花口中的那样，热烈风情。

离开的时候，我们在机场和老叶道别。他拍拍我的肩膀，要我好好照顾大花。我点头说好，然后牵着哭得抽噎的大花转身随人群离开。

老叶在身后朝我们挥手，节奏平和缓慢，眼尾有柔情，嘴角带笑。

很礼貌，也很疏离。

4

接近年终的时候，各大展会都齐齐来了，忙得不可开交。

有一天，大花突然高兴地告诉我，老叶手头的项目终于结束，公司大方，给了他一整个月的休假。她拿手指头戳我的脑袋，嬉笑着："你还说老叶不来看我，你看吧你看吧，他就要来了！"

我点头如捣蒜："是是是，大佬您说得对！"

可是老叶最终仍是没有来。

他计划了整整一个月的欧洲行程，又是自驾又是火车，又是飞机又是轮船，却没有哪一站会停在北京。他买好了票，收拾好了行李，才通知大花。

我听见大花带着委屈的腔调问他："你不来看我吗？"

也听见漏音的电话里传来他波澜不惊的声音："假期难得，想要去远一点的地方。"

大花又问了一次："你不来看我吗？"

老叶没有回答。

而其实，谁的假期不难得呢？

我们每个人，都是有家人有朋友，有聚会有社交的群居动物。我们的笔记本上也有满满的旅行计划，生日的时候也会给梦想中的目的地留一个愿望。可是为什么，你的姑娘就是愿意放弃所有的难得，而选择把所有工作之余的时间都交付给你？可是为什么，你就是连一次也都做不到呢？

我以前和大花开玩笑的时候说，少女们会长到这样一个年纪，把自己从身体里拿出来，再把爱人塞进去。

原来是真的。

那一天夜里，大花抱着我哭了很久。她抽抽噎噎的声音听起来可怜兮兮："可是我，真的很想他的……"

我抱着她，轻轻拍着她的背，我知道，我知道。

5

老叶在朋友圈直播了他的这场旅途。英国自驾穿过金黄公路，爱琴海上钓鱼晒阳光，教堂边露营，和漂亮的女驴友偶遇。大花从没有出现在他的评论区。

旅途未结束的时候老叶打电话给大花，说许久未见，甚是想她。于是大花那个傻姑娘，就又开始盘算着时间，同他说，那等你回来，在下个展会开始之前，我抽空飞去看你。

其实那阵子我们都忙死了，根本请不下假来，也抽不出一点空。

可大花还是在夜里独自一人研究什么时候能够不用加班，哪几天请假不会被骂，什么时候的航班比较便宜，没有发工资的情况下也飞得起。

我终于有些受不了了，我嘲笑她的疯狂。

我问她是不是还记得很久以前，我们讨论过的一句话。

她顿了顿，问我："什么？"

我说："从没和你一起坐过飞机，总是一个人坐飞机跑来找你，再一个人坐飞机回去。"

大花背对着我，瘦削的背影有轻微颤动，她沉默了很久。

很久以后，终于没有忍住，捂住嘴小声哭了出来。

我倚靠在门边，看着她发抖的身体，觉得非常难过。

一周以后，大花搭了飞机，去了三亚。

再回来之后，她告诉我，他们分手了。

她辞了工作，退了房子，拿了存折背了包就上了飞机，她说没有办法爱到他也算不上什么大事，把自己活成喜欢他的部分不就好了。

和我挥手道别的时候她没有哭。

机场那一别，就是两年。

我原以为两年过去，她一定不会再在意那段感情，生活经历的富足和人生阅历的广阔打磨了她，而时间流淌，儿女私情仿佛也显得不那么重要。

我没有想到的是，落地之后，她说的第一句话竟是："每次在机场的时候，想到从没和他坐过飞机，就突然觉得，旅途好没有意思啊。"

世界尽头的极光，热带雨林的虫兽；非洲大陆的辽远，极限运动的疯狂。这个世界摆在这里，她一点一点去探，一样一样去尝，她觉得没有意思。

"两年多久，怎么就也比不上，和他一起飞一次呢？"大花咧着一口大白牙，眼里亮晶晶，笑着问我。

我无法作答。

人这一生，能够忘记的有很多，不能忘记的，也有很多。

留下来的都是无关紧要的，握不住的都是爱和希望。

6

加缪曾经说：我们的爱里总有一种痛苦，和灵魂相仿佛。

而我丝毫不加怀疑的是，每一个少女，在长成大人之前，总是要经历这样的一场爱情。我们拱手将灵魂献上，我们委曲求全，我们摇尾乞怜，我们以为爱是天命，是战胜一切现实世界的武器。

然后爱会告诉你，姑娘，你太天真了。

诗人的笔上生花，将爱情描绘成千百种惑人模样。却没有一种，能与你我相恰。

爱情是什么?

爱情是骤雨和狂风，是肆虐的雷电，是扬起的头发和衣角，是想伸而不敢伸的手，是深夜的眼泪和白日里的无所谓啊。

爱情把浪子变成了虔诚的和尚，却让和尚下山闯荡江湖。

爱情把少女变成了妖娆的荡妇，却让妓女洗掉华服妆容。

爱情是，你别动，就站在那里，和所有人一起，成为一个受害者。我来持剑我来拔枪我来爱你，必要时，你叫来警察，将我击毙就是。

我人在地狱，守着回忆，便也可以。

大花回来了。

那一天，她从后备箱里拿了行李之后，敲了敲我的车窗和我道别。

说过晚安之后，她说："事儿还没完，我要去找他。"

我坐在出租车的副座上，看不清她说这句话时候的表情。

爱人，我独自飞了两年，活成了你的样子，却从没同你一起乘过飞机，去同一个地方远行。

爱人，我不甘心。

黄粱一梦二十年，依旧是不懂爱也不懂情

1

在城市里时，我想逃回小镇。

在小镇久居，却又思慕繁华。

离开了小镇以后，我怀念它。

阿寅是我在镇上认识的弟弟。

小镇不大，白日里迷雾重重，深夜酒绿灯红，一天天过去，不得真切。我在那镇上已经住了两月有余，日日醒了，咬一根玉米棒子，往那家小酒吧跑。

酒吧名叫问世，围炉环坐，举酒问世。

酒吧每天下午四点开门，掌柜的开始收拾地方腾座位，这去早了总免不了要帮人家收拾屋子，去晚了却次次没地儿坐。我每次醒来后都得琢磨好几分钟，才咬咬牙叹口气，决定还是早早过去，免费做一回清洁工。

和我一样，阿寅也总是那儿的清洁工。

我今日去，他今日在；我明日去，他明日还在。一来二去，我们虽互不言语，却也就这样熟悉了对方的脸。

我记得那天小镇大雨，潮湿的古城的夜里，小酒吧里窝着一屋子的人，我们喝酒扯淡听歌，一直到街上所有的店都关门闭店也不散场。

后来人少了，阿寅一人占据了大片地盘，歌手唱起西北民歌，他撂

了酒，便开始跳舞。我看不太懂，只知道是少数民族的舞蹈。

原来他是学舞的男孩。

那天我们很尽兴，远方天微亮的时候，几个人醉醺醺地一起离开。落过雨的古城地面折射出天上的光，镜面一般晃眼睛。

我们的影子映在上面，年轻的，鲜活的，东倒西歪的。

我知晓了阿寅这个男孩其实比我还要小上一岁，还在上高中。和他一身大褂布鞋，梅酒卷烟样样娴熟看起来浪荡的外表不符，他说起话来却像是个山中的清净之人。他慢悠悠和我们说着自己的平日生活，除了下棋饮茶，便是练字刻章。

酒肉穿肠过，佛祖啊，心中留。

他和我们说起他的初恋。

初恋是个漂亮的女孩子，性情天真可爱，下课铃响时，往外一看，总能看见她蹦蹦跳跳去热水间的身影。十七八岁的年纪，他也是情窦初开的男孩，眼神再离不开那女孩的时候，他说："我知道我喜欢她。"

阿寅喊我姐姐，他说："姐姐，我想对她更好一点儿。"

大抵这世间，所有初次的爱情都一样纯真吧。

我们小心翼翼地碰触爱，拿出灵魂之中最脆弱柔软的部分，将心上人的笑藏在里面。从此以后摸着脉搏，脑海中浮现的，都是那张美丽笑脸。

他们说，有些时候，灵魂之爱是能救命的。

阿寅不会爱人，便开始学。

他学会在包里随时备上伞和纸巾，学会和所有异性保持距离，学会扮丑逗自己的女孩开心，学会在恋人身体虚弱的时候，拜托妈妈每日熬好粥带到学校去。

我很爱她的。他手里还捏着烟，说出这话时身上那点痞气全无，只是像个孩子。

2

我们在那个镇上度过了挺长一段很愉悦的日子，志同道合的朋友挺多，闲时瞎闹的去处也多；没人叨叨的自由也多，有人关照的照顾也多。

我们白天睡觉，夜里唱歌，谁过生日时买个超大蛋糕为他庆祝，日子过得是很妙的。

后来雨季过去，有人来有人去，我和阿寅也逐渐变成，分隔两地，然而保持联系的那种关系。

他上了大学，偶尔会同我说些他初入校园的趣事，说那些女孩子们都精致又好看，却不如自己的女孩；说室友关系好，一起练功打球吃饭，像是弟兄。说有人喜欢他，对他穷追不舍，让人无奈；说有人喜欢他的姑娘，不如他好看有趣，竟然还敢送巧克力和表白。

咿咿呀呀，叽叽喳喳。

我们保持着这样不太密集，却又丝毫不生疏的联系，和彼此分享着自己目前的生活，偶尔怀念一下过去的日子。直到有一天，他与我说，他分手了。

其实那时他们已经分手有一段日子，他挽回，被拒，再挽回，再被拒，这样反复许久，直到她再也不联系他。

心里难过，受不了了，于是才告诉我。

他们分手是因为她吸毒。

阿寅和我说，本来都好好的，直到那天我去酒吧找她的时候，发现她不对劲，才知道原来是毒瘾犯了。之前就有人和我说过她吸毒，可我不信，直到亲眼看见。

他说："姐姐，我把她带回宾馆，看着她那副样子，很痛苦又喝得很醉，心疼得一整夜没睡。

可我还是想和她好好过日子。

后来，我想，可以戒掉的吧，一定是因为我陪她的时间不够多，是我的错。"

他说："姐姐，我只想更加努力地想要和她好好过日子。"

可他们最终还是分手了。

女孩说："你让我自己过吧。你对我太好，我们不要在一起了。"

挽留无果，哀求无果，就那样吧。

3

阿寅说："我不要。"

可是你说不要，又有什么用呢？

爱情这回事，从来都是相爱的时候需要两个人情投意合，而分开时，只要一个人转身先走。

没有用的，挽回都只是自我感动。

阿寅很长时间没再联系我。后来，他再打电话给我的时候，已经变成一个陆陆续续谈了许多次恋爱的情场老男孩儿。

历任女友里，有像她的，也有不像她的。

他开始像任何一个受了情伤不肯再去付出的男孩子一样，靠烟草和酒精麻痹自己，然后浪在所有人都学着世故，摆脱单纯的那个年纪。

洪湖水，浪打浪，大浪滔天，难自覆。

许久以后的一天，他和我说他恋爱了，和一个小姑娘。

他叫她小苹果。

小苹果是舞蹈系的女孩，练舞的时候穿白色的练功服，身材纤细，表情柔美。他给我看了他们一起上课一起吃饭的照片，女孩子娇俏，男孩子宠溺，满满的爱仿佛要透过屏幕将人心俘获。

我说：“你们好好过吧。”

他回答我：“好啊，姐姐。”

这一回似乎有些不同。

阿寅偶尔会突然就秀起恩爱给我看，他总是发些两人在一起的视频和照片给我，问我小苹果美不美；偶尔吵架了也同我说，嫌弃自己不知道怎么哄女孩，也不知道该怎么对她更好；

有小姑娘喜欢他他也不再嘚瑟了，而是满脸愁容地说：“虽然我啥也没做，可这不能让小苹果知道，不然她得杀了我。”

虽然其实还是有，那种很偶尔很偶尔的时候。在一些万籁俱寂的夜里，他还是会突然发消息和我说：“姐姐，我梦见了她。却发现在梦里，她的脸已经很模糊了。”

“也许是我在梦里哭了吧。”很久以后，他低声说。

即便这样，我仍旧觉得他与小苹果会好的。

他不够快乐，唯独和小苹果在一起的时候，他天真调皮，像个孩子。

就和那一年，我们在小镇上的时候一样。

他单手骑车，另一手抓着十几串烧烤，转弯的时候大声尖叫。

是少年的样子。

4

我没有想到的是，小苹果也出轨了。

就在过年前一天的时候。

阿寅发语音给我，一副疲惫不堪又强行吊儿郎当的语气：“这他妈可是大年初一头一天，家家户户正贺新年呢。”

沉默了许久，他说：“姐姐，我很伤。”

我想起哪一年暑假，我去高原，他说又是一年夏天，不如我去找你。我在贡嘎机场接了他，带着他在转经道上走啊走啊走，说一些生活琐事，旧时回忆。

他看见一路上满是磕长头的人们，低垂着眼，把身上的钱都掏尽了。

他蹲下去，默默凝视他们。再双手将并不多的钱递给他们，朝圣者往前走了之后，他站起来，看向我的时候，眼睛湿润。

这其实，是一个多好的男孩子啊！

一两年过去，阿寅整个人都沉稳了下来。

他不再像失去初恋以后那样喝酒抽烟胡浪，而是沉静下来，整个人有一种安稳的气质。

他学着让爱好占据自己的生活，比如成日里窝在工具间里刻章写字。

有的时候他与我闲聊几句，也不再是满口的川普和少年意气勃发的声音。

他慢条斯理地说：“我也该忙忙自己的事情了，为以后做些打算。总之还是我自己不够优秀，不够优秀就没有更多时间去陪女友，她们都没有错，归根结底还是我自己。”

他说：“姐姐，得了空，我帮你刻个章吧。”

我说：“好啊。”

有时候，我帮他选些香炉与茶具，作为回报，他为我挑几块石头。我们聊着这些的时候，就好像回到了那些从前的日子。

那时候我与他说：“将来我老了，一定住在山上，你要是来，我招待你。”

他说：“好啊，我们喝酒读诗，弹琴饮茶，写字刻章。不过，你可得先把棋学会了。”

你放心，围炉环坐，举酒问世，哪一样都少不了。

5

黄粱一梦二十年，依旧是不懂爱也不懂情。

我们这么半生，谁还没奋不顾身去爱过谁呢？经年之后，有些人溺在爱里，再难出来；有些人喂马砍柴，闭口不谈；有些人醉在这风这雨里，调笑着说，这人间啊，最大的荒谬，不过一个爱字。

前一阵子，我拉着自己的心上人，回到了那旧时的小镇看看。

那街那巷那酒那肉，样样都还在。也有人们在深夜唱着歌东倒西歪，也有人们倚在人家屋檐之下，望过路人来来往往。

时间打马而过，不知不觉，我和阿寅，相识已有三载。

这少年啊，爱也爱了，伤也伤了，一夜之间，竟就长大了。

我看着他长大以后的样子，和那一年在小镇潮湿的街道上他说的自己一样，慢条斯理，道骨仙风。

可我却难能控制自己想起那个喜酒却也喜甜的少年，他曾嚷着和我说：我想要对她更好一点。

我们从多么简单清白的尽头一路走来，捱过了迷路，捱过了困苦，终究捱不过复复杂杂，一个爱字。你说爱啊伤人，怨天怨地难怨谁，怪来怪去，却还是只能怪自己，所爱非人。

我想起很久以前，还在小镇上的时候，他给过我看一张照片，是一处东南沿海的小渔村。他同我说，这个地方有山，有海，有浩荡日暮和万家灯火。又热闹又寂静，又丰富又单调，又热烈又沉寂。等到我毕业了，就带上我的姑娘去这里生活，我们白天打渔，晚上看星星。

少年长大了，不再提起从前的梦想。

他什么也不说，神秘莫测地笑，眼底毫无波动。

可我却想他永远如同那夜在小屋里跳舞的时候狂放不羁，洒脱肆意。

酒醉了他，他醉了一屋子的人。

出了门，却喊我姐姐。

爱我的时候，你说要给我一个故乡

后来，在那个小镇上一直流传着一个说法。

流浪在外的孩子，不许爱上许诺给你故乡的男人。否则，路远水长，他们将再也找不到回家的方向。

故事要从花子 18 岁那一年说起。

1

那一年，花子爱上了一个男人。

男人是个匿名的英雄，他戴着旧眼镜，穿着旧衬衣，怀里抱着本旧书。

不知道的，还以为他是个教书先生呢。

可花子说，他是我暗夜里的冰泉，是我天穹上的深渊，是我辉煌的、荆棘遍布的夏天。

花子说话太妙，听得连这野花野草，都难逃心底的颤动。

花子遇见他，是在一个荼蘼的春末。

那阵子，她无所事事，便帮着镇上那位生着病的煮酒阿婆守她那方旧客栈和门前那摊酒铺子。铺子开了几十年，十里八村早已熟络。过路的人们到了这里，都会停下来买一碗温酒喝。

人来人往，花子就这么遇见了那个男人。

他来的那一天，桃花开得极盛。

花子递了碗酒给他，抬头的那一眼，便呆愣了。

男人穿着洗旧的白色衬衣，金丝线的眼镜挂在鼻梁，眼里有静默的光。他冲花子笑笑，说，姑娘，多谢了。

花子低了头，搅和着炉子里的酒，长久才道一声，不谢。

那一年，花子 18 岁。她梦想着在这一方小镇里做一个煮酒娘，每日里烧上几个炉子，煮上几壶酒，等赶路的人来了，就几块钱一碗的，请他们喝上一喝。

她本以为，人生如此，长长短短快快慢慢，均不过一生而已。

她想要醉在酒里，对其它一些，均不在意。

可男人一连三碗酒过后，却在花子身后，阿婆那方旧客栈里，住了下来。

花子听着他渐小的脚步声，手一抖，撒出了大半勺热酒。

太阳一落，又是一天。

花子被酒精熏得半醉，进屋时，一个趔趄晃到男人身上。

他铺开了宣纸和笔砚，正在写字。花子这一晃，浓墨溢出来，星星点点落在纸上，毁了一幅作品。男人搁下笔，冲花子一笑，走，喝酒去。

那是花子第一次喝醉。

七大碗新梅酿的酒下肚，她变得柔软而妖艳。

她状似无意地问："先生，歇几日？"

男人答："七日。"

花子于是问他："我跟你走，好吗？"

不好。

2

花子 18 岁那一年，男人走了，她开始一个人漫无边际地流浪。

她道别了病榻上的煮酒阿婆，道别了门前树下新埋的那几壶酒，往自己也不知道的地方走去。人间盛大，她翻了一座一座山，路过一桥一桥水，也没有遇见任何一个，曾经遇见的人。

她想，也许这就是一生吧，一往无前，一往无回。

花子停在江南。

她找了一处街角，交了些钱，支起炉子，做起了从前煮酒娘的行当。

南方水多，天气潮湿，过路的人来了，总免不了买上一壶子温酒，暖暖身体。

那阵子她遇到了许多人，也听了许多故事，白日里摆摊，夜了便收铺，日子过得安逸。

她想，也许这就是人生吧。

清晨出摊前，她漫步在小巷子潮湿的青石路上。街边早餐摊一个接一个地开起来，路过的时候，她会停下来，嗅一口热腾腾的人间烟火味时，让那雾气裹满自己。

直到太阳出来。

白日里爽利，她支着摊，坐着小摇椅，躺在树下乘凉的椅子上，一面拿着蒲扇扇，一面等着客人来。每一日，来往的行人千千百百，却没有她曾一眼爱上的那个人。

过客啊过客，从来就不是归人啊归人。

她这样想着，像是突然理解了剑客们行走江湖，是为什么。

“男欢女爱算个屁啊。”花子躺倒在贵妃椅上，周身尽是酒气环绕。她呼吸着冷冽的空气，不屑地说。

3

陆陆续续地，花子爱上了几个男人，也使几个男人爱上了她。

姑娘模样娇俏，说起话来又爽利泼辣，见过的，没有几个男人不失心的。

她周旋在男人堆里，得心应手。

有时候她会和隔壁豆腐摊家的小女儿说，哪有什么情情爱爱，不过是相处和陪伴。我们彼此相好了，我们就在一起，也别没脸没皮地去提以后，装傻充愣心照不宣啊就好了。

时间到了，该走的人走，该留的人，自然会留下。

花子其实明白，人这一生，真心很难给到那个对的人。

她几乎没再想那个男人，她几乎要忘记他了。

如果他没有出现的话。

男人来时，正是下午三点，日头晒得很，花子拿一荷叶遮住脸，在摊前，就那么睡了过去。

醒来时，看见他坐在摊前的矮凳上，自顾自地喝一碗酒。

“是……你啊。”花子摘了荷叶，声音干涩。

“没有想到竟在这里遇见你。”男人饮尽碗中酒，低声笑到，“有缘了。”

花子的心，颤了一下。

她其实早已经知晓人间情事，也早已经决定不再相信爱情，却一瞬间，惊得掉下泪来。

这年头，提起爱，该被多少人笑话啊。

时间是什么？时间把距离熬长，把生命熬短，把一个赤条条滑溜溜无所欲无所求的人，熬成这俗世中的蝼蚁，这池塘边的稻草。

而爱便是这个世上，最坏的习惯。

爱一个人是烈性的，爱一个人是糯性的。

爱一个人是单枪匹马的战场，必输无疑。

花子其实早就明白，所以人来人往，虽然处处留情，却从不敢动真心。

那些人与她玩乐，叫她觉得有趣，离别时她虽然也总有舍不得，只是若是走了，那就走吧，一杯酒暖肚，便也忘了。

反正人来人往，又有什么好怕。

有些情她不该碰，可她想碰。

4

男人握笔的手，也能持剑。

他从腰后将剑抽出，刺向花子肩上的时候，花子没有躲。

“你躲不躲？你要是不躲……”男人低沉的声音仿佛还在耳边，“这命便是我的，我带你走。”

那一天夜里，少女看着男人的脸，忽然觉得难过。

她知道她输了。

她在想，人生还这么长，而她，其实只有他了。她离开故乡的时候，除了兜中几壶酒，一无所有。是他让她好歹有了点念想。

只是，也不知道，这念想，能维持多久。

想到这里，花子觉得心口发酸。她几乎无法想，要是此番，他再弃她，独自一人走，谁来陪她喝那每晚卖剩下的佳酿呢？

这安定的煮酒日子她不要了，这人来人往的热闹也不要了，她只想跟在他的身后为他背着书篓，做个小跟班。每日为他煮酒，为他研墨，去山上采最新的露水为他沏茶，夜来之后，为他点上暖黄的油灯，如此相伴。

如此，直到年岁之外，很久很久。

他们一起去了边塞，塞北的风刮得人脸生疼，花子一路随他跋涉，一路饮酒暖胃，仿佛几个月的路程里，满是酒香，都是醉的。

男人带着她，去到一处院子。

门前砌了露天的煮酒灶台，屋里开了片湿润土地，主屋里帷幔遍布，花枝招展。男人说："忘了你的故乡，从此，我就是你的故乡。"

花子傻愣愣地笑着，把头点得像是手鼓。

她当真了。

她在男人给她造的这个故乡里，日日栽花，种草，前院里扫地养鸡，后山上摘果种菜，日子过得清清闲闲。过了一阵子，她重新做回煮酒娘，端了炉子上灶，温了招待路人。

此处正是交通要塞，来往行人众多，她一天百碗酒千碗酒地卖，名声渐渐传了出去，耳里，也逐渐听进了许多传言。

传言说，她的男人，抛家弃子，生性风流。

他本是中原一位颇有名望的剑客，却因为四处留情，惹了仇家，才一路奔逃到塞北。这一路，他惹了许多姑娘爱他，花子，便是其中一位。

既不是第一位，也不会是最后一位。

花子听了，听了也就听了。

她继续卖着她的酒，种着她的花，日日和来往行人扯些不要紧的事。

她爱他，爱到已经不那么在意，他爱不爱她。

5

就仿佛是世间少女都会有这么一遭，爱上了一个人，爱到被爱也已经不那么重要了。

她们拿自己的整颗赤裸真心去爱他，为他颠覆所有人，为他拼命一切事。也不太管，那人是否喜欢和需要。

花子有日曾说，这样的爱，爱到最终，其实不过是爱着陷入爱里的自己。

其实这话对于世间少女们的那遭爱情来说，又何尝不是呢？

她们多么烈性啊，爱一个人，然后将整个世界都倾注。

她们为了心爱的男人折腾自己，也折腾别人，做一切令人匪夷所思的事情，惹得朋友劝阻，家人无奈，旁人厌恶。

讽刺的眼光扎在她们身上，一道一道的伤口，被爱化解。

她们在意谁呢？她们谁也不在意。

她们只是想要，轰轰烈烈投身于这一场一生仅有的爱情。

至于结局，有或没有，都已经无所谓了。

就好像是难得的美味，尝过就好，谁还指望凭此饱呢？

男人回来后，花子从身后抱住他，闭了眼，深深吸一口气，那天你说，你是我的故乡。其实有这句话，我这一生也就够了。

我不怕外人如何言语，也不听他们说的话，我只信你。

男人回身，摸着她的头发，第一次回抱了她。

花子就以为，这是他也爱她的证据。

这一生，说来说去不过几十载，花子以为，她能够就这样在他身边，将这几十年耗过去。

日日煮酒，日日饮茶，日日爱他。

却没有想到，男人其实不愿意。

6

不久之后的一个秋日，男人和花子说，他就要走了。

彼时，花子正坐在铺前，和饮酒歇息的客人谈天说地，笑颜开怀。男人这突兀的一句话，惊得她嘴角的弧度，僵在一处。

许久她问，什么时候走？

他轻描淡写，快了，且珍惜吧。

花子没有问他带不带她，她已经从他那几个字中，知晓。

也是，他总归是要走的，男人博学而多慧，会写字又会舞剑，这世上，总需要他去走一遭。

她想要对他说，你走吧，江湖路远，有缘再见。

可她却说不出来。

花子早已不是在江南时那个流连情场毫发无伤的女人，她也早已忘记，是自己口口声声说着，只要过程不要结果，而生命只有此刻，多相处一秒也是赢家。

她忽然觉得，这生命太长，而时间却太短。

她只想老去。

她斟满酒杯，和男人说，那么，就此别过吧。

何必牵连我更多的情绪，使我非要将那些之后独自一人的漫长日子，用来解这烦琐心结。

不如你走吧，尽早。

趁着我还不会开口留你的时候。

而依赖究竟是什么呢？

你说是爱情，却不是爱情。比炽热的爱意更多了一分小心翼翼与敬意。

你说是亲情，也不是亲情。比踏实的亲情更多了一分心心念念与无力。

而依赖究竟是什么呢？就好像藤蔓，一点一点游离过来，绕住你的双脚。由下而上，动作轻缓缠绵，令人明知道那最终死路一条，却狠不下心来抽开。

直到一路缠到脖颈，用力勒过之后迅速逃开，留下将死未死的一双眼睛。

藤蔓有心也好，你知道你要走，你亦不瞒我，那我好歹能控制住自己，不去留你。

要走就赶早吧，先生，晨露才散，日头未起，正适合赶路。你去你的山高水长，江湖庙堂。

我在这里等夜来了，煮一壶酒代茶。

7

“爱我的时候，你说要给我一个故乡。”扔下这句话，花子将男人和院子，留在身后。

她没有回头，其实她也明白，自己回不了头。

花子又开始流浪了。

她想起了她流浪过的城市，想起了她经历过的爱情，想起了那些影影绰绰的夜里，漫步过的青石路，闲躺过的贵妃椅。

她一头扎进小院门口的河里游了很久，终于冒出头来的时候，她吐了口嘴里的泥，说，去你妈的故乡。

她决定回到自己从小生活的那个小镇，镇上有生着病的煮酒阿婆，和旧客栈。人来人往，大伙儿都质朴憨厚，她怀念那种真实。

人活一生，赤条条来赤条条走，得到了什么，又失去了什么，其实什么也都没有。

她才 20 岁，就已经垂垂老矣。

她以为照着原路走，总能回去。

能回到中途歇脚的老城西安，能回到摆摊卖酒的水乡江南，能够回到那有酒铺也有阿婆的故乡小镇。她一路走，一路想着这几年的日子，笑得都要弯下腰去。

几年而已，恍若隔世。

路远水长，等她终于回到那个小镇，故乡已经不在了。

阿婆离了世，客栈易了主，道路四通八达之后，往来镇上的外人也少了。

横横竖竖二十六条街，再没一家煮酒铺子。

也再没有一处，是花子的故乡。

花子消失了，和所有在悄无声息中消失的一切一样。

后来，小镇上一直流传着一个说法。流浪在外的孩子们啊，不要爱上许诺给你故乡的男人。

否则路远水长，你们将再也找不到，回家的方向。

淡淡交会过，各不留下印

1

王一 30 岁生日那年，在众多朋友面前，第一次喝醉。

王一善酒，这么多年，各种大小场子闯过，各种酒精浓度尝过，他向来冷静自持，从未出错。我们都没有想到，这小打小闹的一场酒，会让他醉了。

他抢了驻唱的麦，冲全场举杯，声音嘶哑而逞强。

“敬！他娘的而立之年！”

朋友们都燥起来，我也在台下为他叫好，却不知道为什么声音也是哑哑的。

王一这个人，我熟。

他理科生，高智商，高情商，还有梦想。出了校门就开始创业，创业失败后又找了个院子写文章，出了几本书之后，又开始创业。

就在今年，他的公司拿了 A 轮，也算是事业有成。

小年轻的时候长势不错，又爱打扮，身边莺莺燕燕围了不少。自从他写了书之后，人变得神神叨叨，胡子拉碴，便再没听说过身边有什么姑娘。

他老是挂在嘴边的一句话是：清心寡欲方能成事，你们啊，懂个屁。

我们朋友圈子里一众小情侣，就他一单身狗光彩夺目，大伙秀着恩爱从他面前飘过，却点头如捣蒜：是啊是啊，王总教训得是。

我们一直都觉得，他好像过得也还不错。

事实上确实也是这样。

2

散场的时候，王一拎了没吃完的半个蛋糕，在酒吧门口和我们道别。

我嘱咐他，好好照顾自己。

他点点头，却拉住我，低声说："陪我走一阵吧，有些话不说难过。"

我看他耷拉着脑袋胡子拉碴那样儿，边琢磨着怎么也不能是给我个十年朋友表白，上演一出程又青和大仁哥吧，边接过他手里的蛋糕盒子，点头应了下来。

凌晨三点的街道已经几无人烟，我俩慢慢走在路上，夜色冷寂，没有声响。

我没有想到，万年单身狗王一，竟然给我说了他的一段爱情。

"其实我爱过的，你们都不知道。"他突然出声，嗓子没有打开似的，语调僵硬而缓慢，"我上泉州写字的那一年，遇见了一个女孩子。"

"嗯。"我吱声，没想打断他。

"我当时想，刚创业失败，也是个稳重人了，没谱的事儿就不告诉你们。可后来有谱了，我又忘了说。她是个福建女孩，说话声嗲里嗲气的，像是台湾偶像剧里的小姑娘。"他停了一会儿，似乎在回忆，"就住在我的院子旁边。"

"我们聊加缪，还有博尔赫斯，还有那阵子火了的诗人余秀华，很难得，她和我竟然都真心喜欢她。"

"后来我们在一起了。我写书，她住在我隔壁，白天来我家种花，晚上我们一起吃饭喝酒，我给她看我新写的章节。你们这些大城市的人，不会晓得那种无所事事、看时间过去，身边有心上人陪你的……幸福感的。”

“那然后呢？”我盯着路面，轻声问。

3

王一在泉州待了整整四年，中间有一年的时间几近杳无音信。朋友圈子里大伙儿都心大，开始时讨论几句，后来也就懒得理他了。

毕竟精气神儿那么足一人，能有啥事？

可王一和我说，那一年，他出了场车祸。

那时候，他和福建小姑娘已经在一起整整两年了。一对年轻人处对象，整整两年了也不怎么吵架，不怎么腻味，差不多事儿也就定了。他没事就去人姑娘家蹭饭，和姑娘家族中一众大人小孩儿混得忒熟，这眼看着少年时代就要到了头，婚姻时代即将来临。

节骨眼上，他们出了车祸。

那是个周末，王一终于整理完了自己新书的书稿给编辑递去，决定和女友自驾去附近的一座温泉山庄休息几天。许是屋里赶稿日子太久，身体不适应室外，这夏天的阳光晒一晒，高速路上跑一跑，王一一个眼花，车子撞上了对面过来的货车。

“我那个时候没别的想的，我就想着，要能活下来，我要娶她。”王一走在路上的时候，说起这句话，眼睛湿了。

那一场车祸，他拼死扑在副驾驶上的姑娘身上，保全了她。

他俩其实都没什么大事，姑娘一些皮外伤，轻微脑震荡，休息一阵子也就没事了。王一自己，噼里啪啦断了几截骨头，在医院的病床上躺了三个月。

王一好面子，本来待业写书就惹得家里长辈不高兴，这回又出现了这档子事，他心一横，没有告诉家里人。自然，也就没有和我们这帮千里之外的朋友说了。

姑娘这边，则是全家都出动了。

闽南人性子柔，也不责问也不怪怨的，得了空，就跑来医院照顾他俩。后来姑娘病好了，一日三餐二十四小时地陪在王一身边，整整两个月。

“那几个月我不太能动，就看着她伺候前伺候后的，每日三餐水果地为我备着，晚上的时候，还给我读诗哄我睡觉。”王一点燃了烟，深吸了口，“其实我整夜都睡不着，等她终于睡下了，我就坐起来，整宿地看她。”

“我当时想，我们是一起死过的，我这命都是她的。这辈子，我就要对她一个人好了。”

“可是感情这种事，哪里会是我们能懂的。”

4

病好之后，王一休息了一阵子，陪着姑娘看书赏花。他准备着，再过一些日子，等身体复原了，就带上她回家，把婚事给订下来。他也准备好了，要找份稳定点的工作，做一个好丈夫。

他显然是更爱她了，过了命，经历了生死之劫，认定了一个人的时候，王一准备着，将所有的自己，都献给她，和她的家。

可有时候呢，不是所有的事情都是你做了，就会给你的。

那位女孩渐渐地，却不爱王一了。

她毕业之后，和王一恋爱，一直没有离开泉州。托家人的关系在当地银行找了个闲职，一干就是两三年。病好之后，她突然觉得自己这几年的人生没多大意思，她和王一说，想去上海。

纸醉金迷，光怪陆离。

似乎当所有的年轻人要为自己的梦想选一个培养皿的时候，不是上海，就是北京。

王一放她去了，他继续写着自己的稿子，继续做着自己的打算。

姑娘逐渐不和他谈博尔赫斯和加缪了，也不再在电话里提起家里的那几盆花。她终于做了自己喜欢的事，周末看展、社交，努力将自己的生活过得丰富多彩。

世界大了，她便觉得，王一那一方小院，太小。

王一说："你真的没有一点办法，只能够看着她一点点远去。再也不提起共同话题了，再也不说从前那些俏皮话了。她很忙碌，并且越来越忙碌，她在急速成长。而我呢，我写着方块字，种着她留下来的花，种着她留下来的草，没有一点办法。"

"我们没有可能结婚了，我们没有办法过一辈子。她离我越来越远，我何尝不是如此呢？"

半年之后，两人分手。

你看，经历了生死，相处了千日，这样的感情，几乎已经许诺一生了。却还是说断就断。月老不称职啊，怕是牵线到了一半，一壶桂酒给饮醉了吧。

女孩儿换了工作，一路往上去了北京。而王一呢，结束了手头的那些活儿，回到上海，开始第二次创业。他把攒的那些版税全扔里了，用自己这几年在文化圈好歹攒下的资源，赶着自媒体的浪潮，顺风顺水。

不到一年，便成了体系。

我不忍心，低声说："你要是想她，不如去找她。"

他轻笑："不了，就当是，淡淡交会过，各不留下印。"

“我都 30 岁了呀。”他又点燃一支烟，“我以前想，30 岁这年，怎么也得把她娶回家。”

“如今再看，尽是荒唐。”

他深吸一口气，吐出大团烟圈。这雾气飘飘缈渺，散在风中，遮住了王一通红的眼。

人这一生啊，磕磕绊绊，总不如愿的。

年轻的时候我们爱一个人，滤掉了所有矛盾所有碰撞，自杀式地奉献自我。

后来我们长大了，学会负责，学会了细水长流，天长地久。

可我们会忘记，天长地久有时尽，有时尽呐。

王一爱过，她也爱过，人生苦长，有一段，就是一段吧。

淡淡交会过，各不留下印。

5

第二天下午，朋友们陆续酒醒，吆喝着三十大寿大宴三天，拽上我开车到王一家里，把他给拉了起来。

他像是才睡下，眼眶里红血丝重得出奇，却也利索清醒，换了衣服便带我们杀向附近一家味道绝佳的小龙虾店。

朋友圈子里大家结婚的结婚，订婚的订婚，一桌人就他一个单身狗耀眼夺目。大家秀恩爱的秀恩爱，调侃的调侃，只见他一如往常，全盘收下。

“清心寡欲方能成事，你们这帮人啊，没志向。”

我想起昨夜那一段路，也是，酒醒之后，就当梦一场。

淡淡交会过，各不留下印。

深深相爱过，各自安好吧。

致使我离开你的一千个理由之一

1

一生之中，我从未看过一场完整的烟火表演，正如一生中，我从未从头到尾完整去爱过一个人。

自小我便已经明白，烟火在最绚烂之时，必将由盛转衰，走向湮灭。而感情也是一样的，当衰败初露端倪，我们就已经能够看见结局。然而眷恋会使一些人麻木，他们回忆着那一刻的盛大和动人，殷切等待着，下一个那样的时刻，或恒长的美梦。

直到最终一切归于平淡、销声匿迹，唯独他一人站在十字中心，难醒。

许多年前，我的母亲爱上了一个男人。

男人有花一般的容貌，和海誓山盟说尽也不面红不心跳的哄骗技巧。母亲得遇爱情，便深深信了这一切，由着自己溺进这场姐弟恋之中。

于是有了我。

我自母体而出，剪了脐带开始号哭，睁眼的那一瞬间，一个模糊的背影在我的视网膜中远去。

那是我一生中，唯一一次，看见我的父亲。

男人胆小怕事，花心多情又难担责任，而所谓的山盟海誓，也不过是助长暧昧气焰的一把碎柴罢了。我懵懂着长大，看见母亲操劳着整个家，看着她变老变矮，眼里混浊，鬓丝发白。街坊邻里看见我时，总要叹一口气，佯装不经意却分明刻意。那些同情的眼神背后，是看好戏的傲慢无礼。

我一次次梦见那个背影，在梦中哭喊着醒来。醒来时看见母亲颦眉睡在一旁，微微的鼾声，呼吸里尽是她这一生坎坷的痕迹。

从那时起，我决意，此生，我都要做那个先走的人。

后来，我离开了我的家乡，离开了我的家人，我一次次告别朋友，一次次告别恋人。我离开了这个世界上我所有的爱意和眷恋，只是为了不被终将逝去的爱拖至海底，耗尽一生。我比谁都明白，一个女人，无论为了谁贡献自己，之后的结局都是相似的。

诗人说过，离开是一种轻微的死亡。

我又何尝不痛呢？

但好歹这死亡够轻，如蚂蚁对心脏的不断啃咬，绵密、疼痛、持久，而不致死。我多害怕此生我会失去我爱的人，为了不失去他们，我在烟火灿烂辉煌的时刻，先离开万物众生。

2

后来我遇见了一个男人。

人这一生，得遇诸多人，离开诸多人，留下诸多人。而爱情，通常由最多的巧合而成。我们相信缘分，我们将命运交付给所有有心或无意的擦肩。

然后我们念叨，而一切的起始却全是，漫不经心的。

那一年我22岁，离开校园，初入社会，整个人莽撞又无畏。

连续一周，我在这班地铁的这节车厢看见他。

他显然也是差不多的年纪，背了双肩包，戴着无框眼镜，合身的T恤和中裤，黑眼圈很重，有一点青年人特有的那种驼背。

见我上来，他挪了挪位置，给我腾了点空间，笑着说：“又是你啊。”

我点点头，穿过人群，挤到他身旁。

“哎，给你吃啊。”他从身后的包里掏出一块三明治递给我，眼神飘来飘去，像是有点儿羞赧，“你早上得吃饭啊，不吃饭不行。”

“你怎么知道我没吃饭。”

“哎呀，看你那没精打采样儿，吃过早餐才有鬼咧。”他摆摆手，一副洞察世事的得意模样。

我接过他的早餐，不自觉弯起嘴角来。

3

“偶遇第三天的时候，他开始和你打招呼。第七天，也就是今天，他给你带了早餐。哎你说！”同事扯了块面包塞进嘴里，大跨步跃到我跟前，“你猜多少天的时候，他会和你求婚啊？”

“没睡醒吧你。”我拍了拍她的脸蛋，“大早上的就做白日梦。”

“那你说他长得好看不？”她凑过来，不依不饶。

我想起他倚着车门闭眼休息的样子，皮肤是好看的粉白色，眉眼柔和，嘟囔道：“还算……好看吧。”

那天下班的时候，我和他再次在地铁 6 号线上偶遇。

一句两脸懵逼的“又是你啊”之后，我们度过了各自无话的几站路。到了换乘车站的时候，他冲我笑了笑，拽着尚在愣神的我一路出了站台，上了电梯。

“走，去吃饭。”他说。

“唔。”

我任由他拉着我，一路小跑，去着不知道哪里的地方。

夏日的上海热到压抑，道路上偶尔有暖风拂过，我感受着风穿过头发丝儿时的轻盈，心想，爱情果然来了。

我们发展迅速，第三个星期的时候，就已经坠入爱河。

直到确定了关系，他才坦白说，只有我俩第一天的偶遇是真的偶遇，那天他恰巧有事，才搭了早高峰的地铁。

在之后的每一天，我能在6号线的那节车厢见到他，都是男孩在荷尔蒙指示下的精心策划。

他本职是一位畅销书作家，干着白天睡觉夜里写作，靠外卖和快递续命的勾当。

说这些话的时候我们正在外滩旁的一间居酒屋吃饭，他喝了点酒，眯着眼笑嘻嘻看我："还好这几个星期的局没有白设，早起可累死我了。"

我塞一只甜虾到他嘴里："你还好意思说，我可是良家妇女。"

4

我们就那么莽莽撞撞地在一起了。

年轻人的爱情，无关家庭，无关利益，有的只是那一股劲儿，非要亲昵，非要黏腻。

在一起之后，我们搬到一处住。

他每天写完稿子就叫我起床，做了早饭陪我吃完，我上班，他睡觉。

我们还是靠着外卖和快递续命。

周末的时候，他会出去采风，带着相机和脚架去人群里，或是去风景优美的地方。我想起搁置已久的画笔，便也重新买了一套，带在身上，有时写生。

我们拍了很多照片，去了高山又去了海边，试了汉服也试了裸身。我们进行了各种风格的尝试，洗出来的照片挂在墙上，覆盖了半个墙面。

我们确实过了一段很是甜蜜和幸福的日子。

他很博学，经常在家里给我开电视剧科普会议。我一面看着小鲜肉大美女嗯嗯啊啊，他在一旁绘声绘色事无巨细。

夜里我睡觉的时候，他读诗给我听，声音温润低沉，像是一首上好的催眠曲。

我们一起晨跑，夜晚一起散步，看比赛的时候一起撸串儿啃西瓜，叫好声透过墙面，传到天上。

我们一起扫遍满上海滩的书店，在各个角落找他曾出版的书，谁找到的多了，谁就算赢，要许对方一个愿望。

那一阵子，我确实，很爱很爱他。

那是我人生中第一次觉得自己离爱那样近，我总觉得，就要到了，这样的日子过不了多久，我和他，就要成为爱情本身了。

我几乎就要以为，这场烟火，会是恒常。

直到后来他开始准备那本新书。

那是一本恐怖小说。

5

他在书稿里描绘了各式各样的死法，鲜血淋漓，充满暴力。为了能够有更为直观的感受，他劝说我和他一起，把那些死亡的模样拍出来。

第一次，我们去了郊区的荒野里。

他把我裸身捆绑起来，头发丝和身上涂满了泥水，绳子从后腰打了花哨的结，我越是挣扎，就束得越紧。他把我绑在大树上，咬开仿真血袋，泼到我的头上。殷红色的液体流下来，自我的睫毛处滴落，每一滴，都令我控制不住地眨一次眼睛。

他比划着相机，从各个角度拍得动情。

而我闭着眼，泪水在脸上划过了一道又一道痕迹。

那天之后，我开始做梦。

我梦见自己站在城市车流拥挤的十字中心，人群包围我，车流穿过我，我身在其中，既觉得恐慌，又觉得安全。

后来突然一瞬间，人群四散逃离，车流离我远去，汽车尾气淹没我，周围再无一人。

世界突然之间，变成了殷红的颜色。

其实我时常做梦，却从来不哭。唯独每次做到这样的梦时，会绝望哭到醒来。

我开始模模糊糊地意识到，我们俩之间，也许会出现什么问题。

就从这些照片开始。

6

再一次他说，要去拍死亡照片的时候，我拒绝了他。

那是我第一次拒绝他，也是我第一次看见，被拒绝之后，歇斯底里的他。

而直到很久以后我才明白，在这个世界上，每个人有每个人的经历，每个人有每个人的雷区。我们在哪里受了伤，伤口便会在哪里结起痂。

那痂，一碰就掉下来，鲜血流淌。

伤害是永远也不会结束的，所谓的道歉、安慰、同情、弥补，都不过亡羊补牢的把戏罢了。所有的效用，都是装出来的表面功夫。

而那时我还不明白，他的歇斯底里，也是有迹可循的。

我害怕他疯狂的样子，既害怕受伤，也害怕他伤害自己。

我知道妥协之后就不再有申辩的权利，于是我拿出箱子开始收拾行李。咬牙忍受了十几分钟后，我提了箱子，叫了辆出租车，摔门而出。

我订了最近的一班飞机回成都。

原来烟火烧得再盛，也是说灭就灭的。

从很小的时候我就知道，抛弃一个人和被一个人抛弃是不一样的。咬牙逃离心爱的世界去到未知远方，和被心爱的世界扔在原地的感受也是不一样的。

我这么智慧，这么虚假，怎么会令自己落于后方。

我只需做个先行之人，就能够在途中催眠自己，还有活路。

7

气消之后，他来成都找我。

在咖啡厅，我们面对面地坐着，谈了很久。

他和我说起他小时候的事。

父母争吵，家庭破碎，谁也不爱他。

小小的男孩子有关于零食、书本、玩具的请求，全都被拒绝了。更厉害的一次是，他饿得不行，去找父亲要钱买饭的时候，被他一巴掌打出了门。

他说："我讨厌被拒绝，无论是什么事情。有关于我自己的情绪，也是我无法控制的。"我想起他那些不堪入耳的辱骂，摔碎物品的狂躁，低了头，没有应声。

他话语间认为，情侣之间，争吵就是争吵，是正常的，甚至回忆起来，也许是趣味的。那是一件既没必要上纲上线，也没理由影响感情的事情。可我愈是听着，愈是觉得荒唐。

伤口永远都在。

伤害是不会停止的。

我又想起那个梦，我想起人群四散逃离，车流离我而去，汽车尾气淹没我，而四周空无一人，尽是殷红的颜色。在那样的结局发生之前，我会做好准备，保护好自己。

我已经被抛弃过一次了，绝对，绝对不能出现第二次。

我和他说："我们，就算了吧。"

8

爱一个人，害怕失去一个人，最后离开一个人。

在真正的结局出现之前。

我们在一点点成为，一个虚假的、自卑的却又固执的人。

我压根儿没有想好离开他之后，我将要如何生活。我该拿我对他的感情怎么办，我该如何不那么难过，改掉因为他养成的习惯，我该如何承受失去他以后的悲伤和苦痛。

无论多大的悲伤和苦痛我都能够忍受，毕竟这么多年，我就是这样过来的。但我绝不会将它显露人前，将充满伤痕的自己摆在地上，以供众人释放他们的善良和同情。

而我佯装出来的镇定自若，就已经足够让我活下去。

至于怎么活，那已经是后来才要考虑的事情了。

我离开你，当我知道所有的故事都将指向同一个结局。

当我的双眼，透过爱情，看见最终的结局。

去吧

但愿你一路平安

桥都坚固

隧道都光明

辑五

你别在20岁就老去了

NI REAI DE YIQIE, SHENGHUO DOU HUI GEI NI

你热爱的一切，
生活都会给你

你别在 20 岁就老去了

1

长大以后，你把无趣都憋在心里。

飞机落地的那天，我格外想听宋冬野的歌。

那时侯我才结束自己的毕业旅行，风尘仆仆满载而归，手机里满满的都是视频照片。文艺青年们把这些路上所得都称作为人生。

为了给这些东西腾出空间来，我早就清空了网易云，削发立誓要断绝和音乐间的苟且。也不是十几岁的毛孩子了，挂个耳机摇头晃脑赶地铁的事儿，做不出来了。

可出了机场下了电梯进了地铁，我突然想起一首歌。

今天扯平了我们的当年，分食了理想。

毕业旅行我选择去了越南，一个并不多么广为人知的目的地。有山有水的地方游客众多，年轻人成群结队蜂拥而上，占领了整条街所有的五光十色。我已经不再住青旅，捡驴友了，安安分分订了酒店，办好入住昏睡三个小时，再出街随意走走，就算逛过。

街边小吃，路边小店，蔚蓝的海，黄沙满天。

这些说不上好也谈不上坏的一切，架构了整个旅途的骨架，我回忆起来，不，我不太想回忆，有些旅途结束之后再回想，满脑子都是强行外壳下深刻的索然无味。

年轻人还留有几分脾气，啐过一口骂上几句。像我这样的，是连骂都懒得骂了。

我想起年初的时候，还留着点学生心性，我说毕业旅行，我要扫荡东南亚，泰国越南柬埔寨，一个都不落。后来也还是因为，担心毕业季哗啦就过去，赶不上找工作的好时期，草草去过越南就急了忙慌地赶回来。

都说不曾拥有，不怕失去。

也是有趣过几年的人，突然之间面对了无生趣的自己，竟然觉得难过。

2

谁曾经没过三万个梦想。

离开校园以后，我选择来到上海，这个光是地铁就有十几条，出行时在路上一耗就是一个小时的城市。那阵子老有人问我，怎么说着不爱大城市，却来了最大的城市啊。我只能笑笑说，因为经济基础决定上层建筑啊。

投出第一份简历的时候，我仿佛看见了自己的 80 岁。

这个城市烈性，想吃口饭都要靠拼的。

道路上送外卖的骑手横冲直撞，快到目的地了一面加速一面掏出手机打电话；

建筑工地里，农民工戴着头盔，顶着四十摄氏度的地表温度重复且长时地劳作；

清晨五点钟鸟都没醒的时候，空无一人的街道上就已经有大爷大妈在扫地了。

我是在看见他们满头满脸仿佛水洗过的汗之后，才对这个操蛋的世界多了那么一点理解。

每一个小时候嚷着喊着要当科学家要飞到外太空的孩子，长大以后，都成为了城市机器里，一颗小小的齿轮。

我们能说这是谁的不是吗？

大抵不能，这是生命的正常轮回，这是时间给每个人打的一巴掌。

烈性么，时间也是这样。

其实没有谁的人生有多特殊，人与人之间那点差别，在无边宇宙中，几乎算不得数。

7岁时我们以为自己能拯救世界，18岁时以为至少能不被世界改变，到了二十几岁的时候，我们大都丢了底限丢了梦，只将庸常看作是坚守了。

谁曾经没过三万个梦想呢？

谁的心里没有过一把火啊。年轻人扛着斧子想锤天锤地的念头，其实谁都有。

只是那火苗子再执拗，终究捱不过上海淅淅沥沥的梅雨天吧。

那天的地铁，一路上信号一直不是很好，我塞着耳机挤在疲惫的人群中间，突然也觉得疲惫起来。

我想起很多年以前，我其实想要成为一名作家，以笔为刀，斩妖除魔。

可后来呢？

后来，持笔的人成了妖魔。

宋冬野的《关忆北》在我的耳机里时断时续地播放着，磕磕绊绊，和人生无异。我闭着眼，在车停车行的晃荡中逐渐昏沉，我再也记不起那些少年的誓言。

我只是突然发现，我其实很怀念那些听他歌的时光。

3

和宋冬野有关的人生。

20 岁之前的那几年，宋冬野是我的命。

那时候他也没红，也没出事儿，充其量也就是个唱 Live 时满脸是汗的憨厚胖子。

那几年，有人迷李志，有人喊着要给赵雷生猴子，有人紧抱万晓利不撒手，偏偏我和我遇见的那些人们，都爱这胖子。

17 岁的时候我还有点非主流，剪了短发脱了校服就往桂林跑。我和妈妈说，我去看看象鼻山是不是和书里说得一样。

可我去了阳朔。阳朔是流浪歌手歌里的目的地，文艺范儿戳破了天。我和路上认识的朋友们抱着鼓提着琴冲进 Live House，抢占了舞台就开始号叫，疯狂甩头。

嚎完了《关忆北》嚎《梦遗少年》，嚎完了《梦遗少年》嚎《鸽子》。

年轻的男孩女孩们互相泼着啤酒，甩着头发，说起没爱到的爱人和已经失了八百年的恋时，哭得泪流满面。

我没什么想要哭天喊地的感情经历，但为了和气氛相洽，也扯了嗓子就开始号哭。哭着哭着竟然真的觉得难过了，抽抽噎噎停不下来，最后伙伴们只得忍下难过，说笑话哄我。

矫情搁在 17 岁，也不是毛病。

18 岁我去了云南，换了一帮人跟着撒疯。我们在洱海湖畔，脱了鞋子和外套奔跑在海舌公园满是石砾的路上，疼得龇牙咧嘴。有朋友带了个劣质的小音箱过来，用最大的音量外放着《安和桥》，音质粗糙，就和我们扯着嗓子唱出来的类似，配上男孩女孩们的尖叫和欢笑，倒也算得和谐。

夜了的时候，我们骑着摩托车呼啦啦地往外冲，和门卫大叔嚎一声就算打了招呼。

喜洲很小，村子外围的公路笔直，抬头就是灿烂星空。

我们冲路边的长发姑娘打招呼，摩托车加了速从她身边飞驰而过，姑娘的裙子和长发飘起来，她回过头看我，我回过头看她，我突然觉得爱情不必万年长，爱情也不必羞哒哒。

那一眼，就是一场爱了。

19 岁的时候我爬上火车，摇啊摇啊去高原。我经过了茶卡盐，脱了衣服和鞋子拍了很多照片，那地方清纯得不似人间。我绕了青海湖一圈，摩托车头盔挂在后视镜前，风带着湖水的潮湿抚弄过我的脸，我被太阳照得落下泪来，我爱这个世界，也爱所有缘。

后来我 20 岁，仿佛突然之间，老成了妇人。

我身体里所有的力量都消失殆尽，我握紧了拳头，却砸不开任何一扇门。我被生活囚禁在生活里。

也不是热爱那些年的放肆，我只是讨厌现在的克制。

那是一个抓着烤猪蹄直接上嘴啃，也不会有人皱一下眉头的时候。

我们住在大大的青旅里，自己人塞满了十人八人间。

睡到自然醒，在菜市场大肆讲价，买了鸡鸭鱼肉回来蜂拥进厨房，谁都要大展身手，谁做的菜都难吃到炸。

老板早早地冻上了一箱酒，菜上了酒就来了，我们抢着吃肉，说着女神和负心汉，满嘴的大脏话和荤段子，笑得稀里哗啦。

日落时我们狂欢，夜深时我们哭泣。

屁大点的事儿都显得重要极了，我们粗俗、狭隘，没见过世面，却看起来有血有肉情感充沛的样子。

那些个夜里，我听宋冬野。

我喝酒吃肉大谈人生和理想，我高歌这操蛋的人生啊锤天锤地锤现实，守家守梦守姑娘。

胖子在电脑屏幕里，弹着吉他，满头满脸的汗，满仓满房的信徒。

4

去你的少年。

后来日子过去很久了，我们再也没有见面。

我们都不再是十七八岁，疯狂无畏的少年了。

我刷着朋友圈，看着当时的那一群又一群人，他们摘了耳环脱了手链，把头巾和菩提从身上摘下来，他们戴上了手表，穿上了西装，剃光了胡子，剪短了头发。

就和我一样，姑娘们学会了穿精致的高跟鞋，爷们儿学会了一口闷和赔笑脸。那群人都长大了，一个个儿走出来再也不是吊儿郎当小混混的模样了，人模狗样光鲜亮丽的，就和我自己看起来一样。

就和我自己，看起来一样。

谁能知道，就连我这样酒类混饮也千杯不醉的酒鬼，在如今，街边吃烧烤的时候，竟然是就着可乐呢。

我再也没有见过他们，后来我所见的，都是另外一个人。

我们客气、礼貌，说起了场面话。我们用不合适的语调说着当年的句子，我们喝着酒吃着菜聊着天笑得癫，每个人都在隐藏自己的变化。

可没有什么变化，比这更为清晰的，摆在我们眼前了。

早知道之后的人生里不会再有交集，当年应该多待上几天，多留下几个秘密在酒里。

是在 20 岁这年，我突然明白，那些夏天，就像你一样回不来。

我们都变了模样，生活给我们抹了发油穿了西装戴了面具啊。

而你说，面具戴久了，就成真的了啦。

这么多年过去了，唱民谣的那么多，还是只有宋冬野，每次听他的歌，我都想扔了电脑和手机，逃回那个闷热的夏天，回到那群边撸串边弹琴的人身边，大口吃着肉，大声地哭。

那个时候还有人说“满嘴自由的人最荒谬”，然后“你荒谬”“我荒谬”的争论和互泼啤酒。而如今，大家都学会了相视一笑沉默不语，祝酒词里全是前程似锦归来少年。

去你的少年。

5

你别在 20 岁就老去了。

离开上海那天，又是一个淅淅沥沥的梅雨天。

我打着伞，慢悠悠地走在乌鲁木齐路上，有男孩子戴着帽子踩着滑板，呼啦从我身边过去。

他的背影消失得挺快，我回过头看了一会儿就不见了。

耳机里还是宋冬野的那首歌：今天扯平了我们的当年，分食了理想。

这一生啊。

有的人滔天巨险中求富贵，有的人笑脸迎人保平安。

也有人饮尽一壶酒，大喝道：爷爷生在天地间，不求富贵不做官。梁山泊里过一世，好吃好喝赛神仙。

对错都是人说的，却其实又何来对错。

你可别在 20 岁就老去了。

这人生苦短，亦枯长。

长短都是一辈子，不合心意过着，岂不是可惜。

我决定去一趟高原，看一看珠穆朗玛。

我有一个朋友，他告诉我，有些人转山转水转佛塔，奔波一生只为见一见珠穆朗玛。他说日照金山的时候，你会明白此生该如何过。

我想去找一找他，和他喝酒读诗，和他弹琴说爱，和他看山看海。

珠穆朗玛日照金山的时候，看他，会不会来。

不多做无谓的思考，孤独而忘情的度日

1

日本的一位摄影师森山大道，有一段话很出名。

“极端来看，我没有，也不想拥有人际关系。对我而言，最重要的是能够拥有一个人静静发呆的时间，如此而已。然后，在生鲜超市、便利商店、百元商超那小而安全的购物行为中感受一点微笑的喜悦。不多做无谓的思考，孤独而忘情的度日。”

我第一次看见这段话的时候，是从我的一位摄影师朋友，寄给我的信件里。

那些年在文艺青年间还流行写信，他喜欢旅行，每到一个地方，总不忘给我寄上一封。他的字写得很漂亮，像是山林间俊秀的竹，亭亭而立。他在信中同我说，我们要去热爱使我们成为异端的一切，我们要学会孤独而忘情的度日。

朋友在高中毕业之后就决定要成为一名摄影师。这很荒唐，当然了，在我们那个“万般皆下品，唯有读书高”的小城，摄影师这种职业，都是不入流的。可是他还是在家人的打骂声中开始举着相机游荡在小城街头，拍那些陈旧的建筑，以及匆匆而过的行人。

其实我也喜欢拍照，但我无法挑战规则，于是我乖乖地上着学，下课后背着重得不行的书包去天台或是街角找他。他的图片里有一种静默的美感，即便所有行人、街道、车流都在动，可是被他剪下来留在镜头里的，就只是一阵沉默。

那种沉默是流动的，仿佛在低语，在倾诉，可那终归是沉默。

我们迎着黄昏的热闹，坐在路边就着人流喝着饮料；追着转瞬的日出，靠在天台吹着凉风，望着风景；有时我们走在路上，帽子眼镜口罩不发一言，我看见行人匆忙，车流奔腾，生生不息。

他说，要孤独而忘情地度日。

2

在我高中毕业的那一年，他去了厦门。

他说厦门这座城市有岁月的气息，无情又深情，苍老又年轻。我听不懂，我坐着飞机飞往南方的小岛，继续我规则内的无趣人生。

我在那座小岛待了四年，在各个圈子里游走，和许多人谈笑风生称兄道弟，我们在深夜饮酒，互诉衷肠，都真实地尝试过把彼此当作最亲密的朋友。

可我越发，越发地想念他。

他仍旧是四处旅行，每一程歇脚处，皆是曾厝垵上的一处破院子。院子是他家里长辈从前的住处，长辈过世后，便一直空着，直到他去。

“这处院子很破旧了，房梁上的木头有一些腐化，每一年燕归时筑巢，我总是很紧张，害怕木头断裂摔坏了雏鸟。我给它们拍了很多照片，原来每一只鸟都长得不同，就和你我一样。”

在寄给我的信里，他这么说。

在越来越多地翻着那些过去信件的时候，我才终于意识到，原来大多数的人与人之间，本质上都无法交流。我在这座小岛上待了四年，说了千万句话，没有谁曾经真的听懂。而他们的滔滔不绝和喋喋不休，我又哪里真的听过呢？

我们说出了许多个字，连成了许多句子，用最优美的声音，却其实，没有谁真的在听。

原来所有侧耳倾听的人，都只不过是在寻找一个贩卖自己的时机罢了。

而我们，我们是有声音的哑巴。

我很想念我的朋友，我想起在我还未成年的时候，我们游走在小城的街巷之中，寻找那些旁人不会注意的小角落，丝毫不吝啬地按下快门，将笑声封存进黑色机器之中。

那是一个不需要语言，也能够被理解的年纪。

而后来呢。

我们不被理解，我们渴望被理解。

我们害怕孤独，我们难以不孤独。

于是我们溺进人群里，以聒噪来制造热闹，以狂欢来掩饰寂寥。

3

可他教会我了，我们要去爱使我们成为异端的一切。

我热爱无数个不被理解的我，并将他们重叠成一个我。我热爱所有使我倍感孤独的深夜，我热爱一切的孤独造就的我，并从中窥探我。

我在静默中得到享受。

假期的时候，我去给他做过一段时间的摄影助理。

这个时候他已经是厉害的摄影人，在厦门的海边开了一个小小的工作室。工作室其实不大，大片的留白和空荡，却显得地方很大似的。他在墙壁上挂满了照片，有一整面镜子前面，都是曾厝垵老木屋中一只只不同的雏燕。

他睡在这片空荡中间，风穿堂而过的时候，帷幔四散，仿佛一首缠绵的情诗。

我跟着他，从太阳未起时就出门，在海边吹着海风等待日出，拍过以后，再散步到周围的小摊上买些早饭。厦门的早餐好吃，软糯的花生汤，醇厚的沙茶面，有时只是一根酥脆的油条，都让人觉得人生无憾。

早餐后，我们接了客人，带去各个不为人知或者广为人知的景点，用半日时间拍完。

阳光落在他的身上变成了咸味的海水滴下来，我看见他随手抹一把自己，便大口灌下矿泉水。

我们去超市买些日用品，在便利店买些吃食，扛着设备回到海边的房子，在天台上，一面吹着风，一面拍下那一日，一如既往美好的落日。

塑料瓶碰在一起，气泡往上翻滚，空气里都是碳酸汽水的甜美气息。

那些日子可真美啊！

我总能从中想到我渴望的去处，那是一个万家灯火照日暮，有天上的景致，与人间的热闹的地方。那是一场丝毫不聒噪，却始终热闹的梦啊。

我们从不在日落时说话。

我们不需要语言，我们不被任何关系束缚，我们自由而疯狂。

4

我想“人生而孤独”这句话是没有错的，可日子却一如既往美得惊人。

现实世界是假的，人们制造出奔忙拥挤的假象，让我们以为，社交、忙碌、联系，才是令我们活下去的养料。

而我们应当做的，是回到自然状态中去，以一只成年的野兽的姿态来过活。

后来我终于决意逃脱所谓的规则，不再成为一个众人期待的年轻人。

我走在和人群相反的方向，一路狂奔回到幼时成长的地方。

那是一座山上的木房子。

破败的木桥架在干涸的河床上，走过去就是蜿蜒狭窄的小路。山路的左边仍旧是山，右边是崖，崖的下面深处，是干涸的河床。

一路上都是黄泥和芦苇。

小时候，我时常捡一根木头当作拐杖，一路慢悠悠往上爬。偶尔运气好，路上能碰见一些莓树。连枝把野树莓摘下，一把抓在手里，也不洗洗，就直接送入嘴中。

走到三分之一的时候，会碰上几户人家。

人家在地势高的地方，我在黄泥路上扯着嗓子喊：“嘿！老叔老姨，我来啦！”

房子里就会出来一群人冲我招手，喊我吃饭。

木房子在半山上，是这个村子里最高的一户。

那是一座大而陈旧的房子。

前院里有果树，柚子、杨梅、甜李、毛桃。季节到了，大人张罗着去摘果子，小孩子就提着布兜跟在后面，一弯屁股捡一漏。

还有一口井，夏天的时候，把西瓜挂在篮子上沉下去，傍晚时分提起来一刀劈开，就是冰镇西瓜的甜蜜和凉爽。

我喜欢屋后的那片竹林，晨露未散的时候，竹林里弥漫着厚重的雾气，人要是走在其中，满鼻腔都是迷人的空气，风声混合着凉意灌进耳朵里，像是同你说了什么和故去的时光有关的秘密。

我背离了家人的期待和奔涌的人群。

回到了母体的子宫里。

就让我如此孤独下去吧。

人间美景无数，我所要的快乐，在我出生之时，便早已给我了。

而我活着，仅仅是因为我，舍不得。

5

我渴望的人生，是在一座山上。

厅里房梁上春天有雏燕在叫，门前池塘底泥堆有泥鳅在绕。

嘈杂的车流声穿过我，了无痕迹。而围绕在我周身的，只有那片竹林的，风声飒飒。

而日子一如既往美的惊人。

我们在难言的美丽之中，孤独而忘情地，活着。

以兴趣为食，亦不辉煌感人

“我的母亲对我最大的纵容，就是令我学会，以兴趣为食。”在辍学做音乐后的第四年，济南的地下酒吧里，建军这么和我说。

“时至今日我也还是没红，说起抱负好像也显得幼稚而非万丈豪情了，”他掸了掸落在衣服上的烟灰，抬了眼来看我，“但你要是问我，如果此刻回到三年前，是否会有不一样的选择。”

“京，不会的。”

1

建军是我认识的第一个如此彻底的、以兴趣为生的人。

2013 年我们的初遇，是在南方一个破败的小镇里。他抱着琴，日日在那小镇的石桥上唱歌，琴盒旁边，是他自费出的第一张专辑，歌是自己录的，封面是自己画的，八十一张，自己卖。

那一年他 19 岁，才从一所重点大学辍学，一路辗转，从西北来到了东南，白日卖唱，夜里写歌，做了专辑自己叫卖，攒够了钱就继续往南方走。

建军说有太多民谣人歌里都是南方，他带着西北人的满身粗犷，实在是想来这南方看一看，姑娘和梦想，是不是也有些不一样。

那一次旅行短暂，我听了他一周的歌，他请我吃了一周烤玉米，临走之前，还送了我一张自己的专辑。我调侃着说你这么做生意，哪还会有什么盆满钵满之日啊。

他低头笑，交朋友总归是重要一些。

2

再一次见到他的时候，是他告诉我，他去了西塘唱歌。

那时候我仍旧是迷茫，在学校度日如年难熬得慌，月底，家里给打了生活费之后，索性买了张机票去找他。

他不一样了，成为了一名圈子里小有名气的音乐制作人，给许多民谣歌手做了专辑。他还签了厂牌，此次去西塘也是，为了管理那家厂牌旗下的酒吧。

进门的时候他没有发现我，于是我找了个角落待着。他坐在灯光中心，周围尽是簇拥之人。有人喊他男神，有人喊他老公，有人长久望着他，眼神迷蒙。

建军就那样在人群中间，说一段故事，唱几首歌，聊一会儿天，弹一会儿琴。幽默风趣，笑点频出，已经不是从前的青涩模样。

我坐在后排的位置上隔着人群看他，觉得为他开心，又总有些东西，似乎看不真切。

夜场散了之后，我们去摊上吃烧烤。

他面有羞赧的样子，同我说："让你看见了如今的我，觉得有些难为情。"

我摆摆手："其实很好啊，你终于能够以兴趣为生，写歌唱歌，还有一批拥护者，在某种程度上来说，也算是实现了部分梦想吧。"

他大口咬着烤玉米，左手从兜里掏出一个小本子来丢在桌上。

"你不知道，我如今做的是些什么事儿。"他用眼神示意我打开那本子，里面全是他今晚说的那些漂亮话。"我说的故事呢，都是精雕细琢之后拿来台面表演的，每一首歌的创作背景也并非那样丰富，而我所谓的幽默风趣，也不过是一种佯装罢了。"

“我不纯粹了，京。”他抬眼看我，一如当年，“虽然我如今已能以音乐养活自己，却不再是从前，我渴望的方式。”

“说书人和吟唱者，在我这里，成为了多乏味的词。”

3

我想起了我的另一位朋友，阿垦。

大一那一年，我在摄影社团里认识阿垦，他扛着一个小卡片机满脸笑容地冲我说，这人生，首先是记录者，而后是诗人。后来他兼职赚钱，买下了人生中第一台单反，买下了第一支镜头，再后来，他开始接客片，靠摄影赚钱。

大学毕业之后，阿垦背着相机开始环游中国，从三亚开始，一直到新疆。他拍了越来越多的照片，越来越有名气，在微博上晒着常人没有的诗与远方的生活，收获了成千上万的追随者。

再见到他的时候，是在北京。

那时他在 798 开了个摄影工作室，客单已经排到次年 6 月。

三巡之后，阿垦醉在那家居酒屋里。他撑着脑袋，满眼血丝，同我说：“我已经是商人了，京。”而在此之前五分钟，我真诚地恭喜过他，完成了自己的梦想。

“我走过的路我不可能回去了，我拥有的也不可能会放弃，我的人生，大概就是这样了。”这个男孩子刚满 25 岁，赚了很多钱，用摄影养活了一群人，可他却在旧时老友面前，情真意切地落泪。“都说羡慕我，能够将喜欢的事做成一项事业，却其实没有啊，我在不断背离自己罢了。”

我饮着酒，对于他的痛苦，似懂非懂。

4

“以兴趣为生是容易的，难的是，操控欲望这只野兽。”在西塘和建军道别时，他这么和我说。

后来，我听说他和厂牌解约，也不再混迹于从前那个民谣圈子。

建军回了西北，在山东济南找了家小酒吧驻唱。听闻酒吧老板是个性情中人，拿滔天的情怀，经营着一间午夜梦场。

建军在那家酒吧里，唱唱歌，喝喝酒，白日里写诗、作曲，日子一日赛一日地闲散和逍遥。

很久之后，我大学毕业旅行途经济南，建军约我到他工作的地方一聚。

酒吧在地下，午夜营业，天亮时散场，人来人往，俱是理想的味道。建军难得地，为我哼唱了几首旧曲，他同我说：“我的母亲对我最大的纵容，就是令我学会，以兴趣为食。”

“阿京你不明白，有许多事表面上是看不出来差别的，唯有你时时质问自己的内心，才能窥探其间不同。”他低垂着眼，拨弄琴弦，“是在真的尝过兴趣也能带来名利之后，我才明白，所谓的以兴趣为食，是粗茶淡饭吃饱，而不是山珍海味塞满。”

“想要塞满自己的人，总归要为了那些多出来的，而舍弃部分灵魂本身。”

5

我又想起了如今奋战在北京的阿垦，他变得越来越忙，时间排得越来越满，我许久没有见他拍过创作片了，也有几年没有读到他的诗了。

可他是不是快乐呢？我不知道。

“这没有任何错，有些人天生适合逐鹿中原征战四方，他们是伟大的创造者，自我意识本就不应该那样重，”他笑了笑，“只是我小气，无法如此做而已。”

末了，他敬我一杯酒：“我从来没后悔过我的任何一个选择，愿你也是。”

有人守一隅天地，读书写字；有人游万丈河山，记录留存；

有人活成了一座灯塔，有人把日子过成油画。

他们都说人生不该受限，不该将就，以兴趣为生才是正确的行走方式。可说起来，人活一世，又哪有对错。

在北京的时候，阿垦曾和我说，他相信的是宇宙守恒定律，我们得到的和我们所失去的，终将在漫长的人生路上，形成一种微妙的平衡。

没有多一分，也没有少一分。

没有不值得，也没有更值得。

路怎样走，不过缘于那一刻的选择罢了。

路成之后，再不能回头。

我是信他的，如同信千万个同路人一样，如同信千万条岔路口一样。

而事到如今，那些以兴趣为食的人，他们究竟如何，便也显得，并不那么辉煌和感人了。

终归你如何过一生，不与他人有丝毫干系。

我人生中最后一次拼命追求爱情时

三个月后，他们俩在上海见面。

已是深秋。

童耶套了件长及小腿肚的针织外衣，里面穿了条黑色的小裙子，小舞鞋的绑带绕在脚踝上，满是心意满满的精致。Tim裹着厚厚的棉袄，看见她的时候，笑得眼睛弯起来。

他们一起去听了场摇滚Live，几个乐队从小清新到重金属，从爱与远方，唱到梦想自由，到后来大家蹦在一起，肩扶着肩PO-GO。童耶的长发都湿了，黏糊糊地搭在脖颈上，Tim扶稳她，面朝她笑。

演出快结束的时候，Livehouse的灯光暗了下来，只留了台上一束。乐队的主唱站在光线中心说，让世界黑一分钟，去亲吻你爱的人。

童耶紧紧拽住Tim的手，在舞台中央的灯束暗下来的那一秒钟，吻向他。

1

认识Tim是在香港。

那阵子还是夏天，我和童耶趁着假期，约着去印尼转了一圈。回国时，我们在香港转机。早就听了朋友说，香港有个兰桂坊，锣鼓喧天，彻夜不眠，佳人美酒，风流尝遍。所以即使只有一夜的时间，我们还是上了快线，直奔热闹中心而去。

和内地酒吧街人造的热情不一样，兰桂坊的热烈，是天然的。

就像是热带沙滩上的女人眯起的眼睛和微弯的嘴角一样自然。日头不那么盛了，她们脱了胸罩，背对太阳，在满目的光线中昏沉睡去。

我们找了一家酒吧，坐在舞台边上。

隔壁桌是同样的一群年轻人，骰子摇得通天响，笑闹声都放肆迷人。有个男孩显然是喝高了，胡乱扯着几个同伴游荡在舞池中间。我鲜少看见男孩跳舞能够那么沉醉，仿佛所有的灯光和音乐都是他的，而整个酒场，也只有他一人而已。

他看向我们，冲童耶挤眉弄眼地笑。

过了午夜，舞池里变得拥挤，男孩几轮休息之后，湿着一头黑发来到我们桌旁，邀请童耶同他一起玩。他的动作不算绅士，半邀半拉地带着姑娘滑进舞池。

童耶显然是开心的，笑容绽得很大。但面对男孩胡闹般的主动时，更多表现出来的是少女的害羞。舞过半场，在男孩无限靠近童耶，并将自己的手往她后腰和臀部放的时候，童耶收了笑，推开了他。

无论如何，那是蛮尽兴的一晚。即便我们后来，再也没有进过舞池。男孩几次三番带酒过来邀请，用蹩脚的英语大声同我们道歉，人的表情和声音淹没在灯光和音乐之中，仿佛就连冷漠也不再显得无礼而尴尬。

我们没有再理他，反而认识了一帮新朋友，在天快亮的时候，我们把酒清空，七颠八倒地冲进附近一家早茶店。

2

和人生中千百次彻夜饮酒一样，我以为即便是热闹如兰桂坊，也摆不脱大醉一场，酒醒之后，便忘酒事的规律。

可隔天，在我们飞往上海的飞机上，童耶告诉我，她爱上了昨夜那个动作轻浮的男孩。

男孩的模样我早已记不清楚，只记得他放在童耶后腰上的手，和后来为了道歉，递过来的一套 B 52。

童耶说他笑起来很好看，眼睛的弧度像初一的月亮，脸颊有两颗小梨涡，唇红齿白。

童耶说他其实很有礼貌，说英语的口音也含糊得很可爱，不断道歉的时候，表情软萌。

童耶问我，怎么办。

“偶尔这样的事情也是有的，你不要太当真啊。”我戴上耳机，语调懒散，“等你回到上海，就清醒了。”

她看着我，慢吞吞一句“是吗”，透过耳机飘入我的耳朵里。

“是啊，不然咧？”

回到上海之后，我睡了两天，不分昼夜，不省人事。

终于醒来的时候，我洗了个澡，换好衣服给童耶打电话，准备喊她上哥老官排队去。两天的外卖下来，我面如土色，再不摄入火锅能量，怕是要惨死在出租屋了。

可童耶在电话另一头，轻描淡写地说，她在香港。

3

童耶在香港已经两天了。

那天出了关，各自提着行李分道扬镳之后，她想了想，转身提着行李又进了机场。

她在电话那头和我说，难得能爱上一个人，我觉得故事就那样结束，我不能接受。

我抿抿嘴：“那……我自己去吃哥老官了啊。”

她在香港待了四天。

香港酒店贵，她在青旅里租了一个床位，每天白天昏睡过去，到了夜里，就直奔兰桂坊那间酒吧，点上一杯什么鸡尾酒，牢牢占据着离舞台最近的位置，等着他来。

整整四天，他没有来。

第四天傍晚，童耶给我打电话，语气里尽是难掩的落寞。

“总觉得今天还是不会遇见那个小哥哥。我在维多利亚港湾忧伤地听着加州梦。”

“如果那天我没有拒绝他，而是继续下去贴面热舞会有什么不一样的结局呢？也许就不会有这一次的香港行了，也说不清，到底怎样才算比较好。”

“今晚他还是不来的话，我就走了。”

我待在上海的家中，听少女一嘴绵软口音，在和我絮叨着说这几日的细节和琐事，觉得嘴里的鸭锁骨索然无味。

年轻真好，无所畏惧的，热烈奔放的。

我说，“已经很浪漫了，不虚此行。”

那一年我 22 岁，对比着别人姑娘家的 22 岁，我的 22 仿佛是已经太老了。我早早在大学期间就开始工作，如今已经是在职场上来回跳槽两三次的老人；至于恋爱么，早年间不懂事的时候谈得多了，后来便一直腻着，想谈时，就谈一个，不想就单着。

至于热切的渴望，隐秘的心动是什么，谁还在意呢。

我人生中最后一次拼命追求爱情的时候，早已经过去了。

童耶说：“今夜该喝醉。”

我笑：“好啊，随你。”

4

她当然没有见到心心念念的男孩，兰桂坊多大多拥挤，每天夜里来往千万人，谁又知道谁是哪家店常客，谁是体验一番的游人呢？

而那个疯男孩，又能有多少的概率，会如同你童耶一样，念念不忘而期盼着重逢。大部分人不过是酒醉一场，醒后，一切无事罢了。

童耶在酒吧醉得可怜。

凌晨三点的时候，她坐在街边，一面和我通着话，一面疯狂搜索着他们初遇那日，社交网络上有关于兰桂坊的讯息。

凌晨五点，我在听筒这头昏昏欲睡，突然被她的大叫惊醒，然后就是窸窸窣窣的抽噎和哭泣声音。我想糟了，兰桂坊的后半夜太乱，醉鬼和流浪汉在街边游荡不停，童耶一个漂亮姑娘，该是出什么意外了。

我跳下床，穿衣服找护照叫出租车一气呵成，一身冷汗地冲下楼。

直到我上了出租车。

童耶的声音才从听筒对面幽幽传来："我没事，我……找到他了。"

我躺倒在出租车后座上，拍着胸口直翻白眼。

男孩同桌的女孩在那天夜里，发微博放了合照，还艾特了男孩。顺藤摸瓜，童耶找到了男孩的微博，男孩是浙江人，在上海读高中，新加坡上大学，香港那夜之后，他们一行人回了上海。

男孩名字叫 Tim。

童耶和我说："我要回来了。你带我去吃哥老官。"

我哐一声关上车门，咬牙切齿道："好。"

5

回到上海后，童耶开始了漫长的互联网泡仔之路。

她先是在微博上给 Tim 发私信，表明来意的同时，丢了几张当晚她拍的照片过去。很快得到回复之后，他们加了微信，从朋友圈点赞之交，慢慢进阶成为深夜尬聊团伙。

作为童耶的好友，我几乎从头到尾一天不拉地围观了他们的聊天记录。总的来说，局面可以描述为，男的严防死守，女的步步紧逼。

童耶是热烈而自信的，良好的家世和不错的皮囊都给了她大步向前的理由。她今年 21 岁，大学四年级，谈过两场恋爱，追求者众多，在所谓的爱情关系中，她从未被谁压制过。

“我想要他。”在深秋的夜晚，我俩街边撸串的时候，她说，“我从来没有这么渴望过一个男人。”

“你这是狩猎，不是喜欢。”我喝着啤酒，轻描淡写地说。

“不是的，我只是有点激进你才这么觉得。”她低垂着眼，“可我真的很用心了，也很拼命。如果他不爱我的话，我以后也是不会再这样追求一段感情的。”

“那你约他出来啊。”

那时，他们已经成为网友近两个月的时间。

两个人都在上海，又日日夜夜地聊着天，却很奇怪，他们从未见过面。

童耶本不是这样的性子，她向来是直率的，圈子里面，四处跑着会朋友的，从来是她一个人。可这个她心心念念了好几个月，为了他又跑香港又喝醉，又是主动开撩，又是强硬调戏的男孩子，她却始终也没有约出来见上一面。

照我们朋友之间的话说：“这两个月，努努力孩子都有了，再不济也该亲个小嘴拉个手的吧，可他们这进度，有诈，有诈。”

童耶“呸”了一声，眼波流转满是一个愁字：“你们不懂。”

6

后来我们终于懂了。

Tim 不爱童耶。

果然啊不是每个人都会醉在酒中，酒醒之后，有些人仍在梦里，有些人已是干脆利落地，回到了现实世界中。

大学毕业后，Tim 在上海创业，比起童耶的诱人爱情，似乎他更喜欢自己的工作。至于什么情愫啊撩拨啊，也不过尽是少女童耶一个人不死心的独角戏罢了。

所以童耶不敢见他，有些人见上一面，就没办法再佯装无知地继续缠缠绕绕、纠纠葛葛下去了。她还是想喊他小哥哥，拿着那一夜泡在酒精里的回忆去拉拢和靠近他。她还是想撩拨他，感受他满眼害羞的笑意，以及不知所措的回应。

他们是抱过的，在香港酒吧的舞池里。

只可惜，这早已不是当年，肢体接触后，便要负一生责任。

11 月底，有几支北京来的摇滚乐队巡演到上海，这一回，Tim 约了童耶去。

已是深秋。

Tim 裹着厚厚的棉袄，在酒吧门口站着等她，看见她的时候满眼是笑。童耶套了件长及小腿肚的针织外衣，风吹过来，撩起她的长发和衣摆，红唇弯弯，漂亮得不行。

他们一起去听了那场号称“冬天来临前最后一次热”的 Live，舞台中间的光束暗下来的时候，童耶紧紧攥住 Tim 的手，侧身吻上了他。

那是最初的，也是最后的爱情。

7

他们当然没有在一起。

他们是朋友，仍旧保持着联系，有时候会在朋友圈里互相打闹，偶尔会嘱咐对方注意天气。总之，比那些所谓的点赞之交，是要亲密许多的。

可他们没有在一起。没有人提起，也没有人拒绝。

吻过之后，大家都只当作是配合乐队的表演，而不再提起。

可童耶是实实在在地哭了一宿的。

演出结束之后，他们潦草地吃了点宵夜，再潦草地道了个别，她便上了出租车，直奔我家而来。我打开门的时候，迎接的已经是一个哭花了满脸妆的泪人。

“我们短暂地爱过了一场之后，迅速地结束了。”她站在门口，拿过长的袖子擦眼泪，抽抽噎噎地说话。

“多短啊？”我问她。

“就……就一分钟。”她想到什么，突然之间哭得更大声了，“我吻他的时候，他明明抱我了。可他不爱我，他真的……真的……”

“他一点都不爱我。”她蹲下来，把头埋进双臂里。

我抱住她，没有说话。

这个少女的爱情死去了，那夜，真是荒凉啊。

8

很久以后，当我们各自都有了新的恋情，日子活得滋滋润润的时候，偶尔我们，会说起这事儿。

就如同提起过去傻逼的自己一般，我们提起过去的爱情。

我们肆意嘲笑着曾经拼命去爱的自己，嘲笑着那些拙略的技巧和尴尬的演技，嘲笑自己不够轻的体重和脸上的痘印，嘲笑自己选男人的品位之低。

就如同嘲笑任何一个愚蠢的情节一样，我们嘲笑过去的爱情。

“我人生中最后一次拼命追求爱情时，天啊，真是没眼看的过去。”童耶窝在沙发里，摆摆手满脸崩溃，“你们说我怎么会那么傻逼？”

朋友们都笑起来，七嘴八舌地回忆起故事细节，描述得夸张又滑稽。

而我却想起，那一年，她独自一人在维多利亚港湾时，对我说的那句话。

“总觉得今天还是不会见到那个小哥哥，我在维多利亚港湾忧伤地听着加州梦。”

那时候我说：“很浪漫了，不虚此行。”

我人生中，最后一次拼命追求爱情的时候。

这人生，不过一个自我完成的过程

1

在我人生的前二十年，一直活在各种人群对我的肆意揣测与评判之中。

5岁时，我迷上了妈妈从外地带给我的一套牛仔衣裤，每日穿着不肯罢手，于是邻居阿姨们聚在一起时总是议论我，说我小小年纪，却没有个女孩样子，长大了肯定是个男人婆。

我躲在她们的高谈阔论之后，暗暗抓紧了妈妈的手。

后来，我无论冬夏都披着一头长发，身上穿着颜色雪白的小裙子和小皮鞋，生怕自己不像个姑娘。

10岁时，父母离婚，我在舅舅的带领下头一回走进法院，我是怕的，所以脚步虚浮。有警察叔叔样的男人来到我面前，摸摸我的脑袋问我，喜欢和谁一起生活。

那个时候，我哭着喊了妈妈。

再回到村子里，已有许多流言传出，他们说妈妈是傍上大款了才急着离婚，而我则贪爱钱财才选择和妈妈一起。传言甚至说很多年前妈妈就出了轨，而我其实是那隔壁老王的孩子。

我捏着自己的手臂，感受到爸爸酒后打我的伤痕还未结痂，泪水成串地流下来。

我突然之间学习更刻苦了，花钱更节制，我时刻注意着妈妈身边出现的男人，想用长久的生活来证明自己给他们看：我是清白的。

转眼我14岁了，个子拔高上了初中，认识了一帮实实在在的好朋友。

好朋友中有两个男孩子，我们经常下课玩闹，放学同行，真实地感受到了伴随着青春期而来的纯粹友谊。直到有一天，班主任在周一班会的时候大声批评了我。

她话说得难听，让我和另外几个好朋友站起来之后，佯装教育全班人说有些女孩子“不知自重”“行为放浪”“对男生谄媚勾引”，我们一圈朋友，男女八九个人，咀嚼着这些别有用心的词汇，只感到一阵一阵地反胃。

但是即便这样，后来，我们还是把大部队相聚的时间调整到了周末，在学校里，彬彬有礼地做着不太熟的朋友。

后来我18岁，高考失败，因而选择了一个南方小岛上的城市上大学。我听说班主任在自己的补习班上说到我，拿我当反面教材去教育那些尚未高三的孩子。

他说：“早就看明白了，那个温京啊，是个社会的渣滓，成日里写什么文章读什么诗，还不是连本一都没上。”

他还说：“什么高中出了车祸休学半年落了成绩，我就看不惯她们这种只会找借口，不会干正事的。你车祸，生病，是你考砸了的理由吗？不是啊！”

这些话传进我的耳朵里，我只觉得可笑。

我突然明白，这个社会上，是没有什么同理心的。

我想起来在过去的这些年，我每一次因为旁人的三言两语而对自己进行了一些改变的时候，那样努力而且小心翼翼的自己，让我觉得心疼又无能为力。

即便你从小穿公主裙，努力勤俭乖巧，不同男生玩闹，又如何呢？

那些人总能够找出别的由头，三三两两的，在茶余饭后，在人前人后，用挑剔而且刻薄的眼光看待你，言语议论你。你总是糟糕不好的，残缺不全的，冥顽不灵的；你永远是糟糕不好的，残缺不全的，冥顽不灵的。

无论你多么无辜，无论你多么无助。

2

妈妈在送我上飞机的时候跟我说："你别看人生坎坷，都是故事而已。故事之中，你要学会为自己活。"

一直到现在，这句话仍旧被我放在心底，时不时拿出来警醒自己。

我的大学时代过得很肆意，就像是深夜的醉鬼，在高亢的歌声中七倒八歪地游走，不在意任何。我去认识了很多人，和他们喝很多酒，醉眼朦胧时，看着年轻的人们借酒后的嘴，将梦想以荒唐话的形式说出，杯子一碰，彼此心知肚明。

谁还没有些远方的梦境，慈善的期待呢？

可我们也知道，大多数人，却是不敢去做的。

人们将那些区别于常人的喜好放在酒里，酒醒之后，便假意忘却。仍旧是每日兢兢业业勤勤恳恳的，为了光明的未来和顺遂的人生而奋斗。妥当的生活，在任何时候都是凌驾在梦想之上的，双脚踏入社会后，那些人们拖着疲惫的身躯说。

我最初也是这么以为的，我拼命参与了各项活动，把握每一个实习的机会，我手里紧攥着学分，满心以为这样就能得到稳妥人生。

醉酒后我扬言自己要环游世界，要下笔千行，要以诗会友，要浪迹天涯。酒醒之后，我洗把脸刷个牙，带上厚厚的文件上导师办公室端茶送水献殷勤。

可我奖状拿了一叠，绩点比谁都高，我却丝毫不觉得快乐。

那阵子我认识了一个朋友，他是广西农村的孩子，在全家族的期待之中考上了北京的985大学，学了当时最热门的金融专业，后来他毕业了，按部就班工作了两年，存了钱给家里翻盖房子。在那之后，他辞职来了三亚，当上了小岛上度假酒店的主厨助理。

他说："都说金融好，体面又高薪，可我还是喜欢窝在厨房里做菜。"

是他告诉我，你要记住你喝醉后说的酒话，把最真实最诚恳的梦想放在顺位第一的位置，那才是对你而言，最为重要的事。

我开始写诗。

写诗是一件多荒唐的事啊，在这个时代，诗人活着，读诗的人早已死了。

不提诗句，单一个"诗"字，提出来，便满是文人酸腐气息。被年轻人嘲笑都是轻的，严重的，会在他们惋惜的眼神中，看到一句"好好的人啊，怎么就是个傻子"的评语。

朋友们说我变了，说我不知吃错了什么药，竟然搞起了文艺。

我低头笑笑，不言不语。

其实我哪里有变，我只不过是在试图接近更为真实的自己罢了。

毕竟人生，总该走上一些路，来帮助自己完成自己。

3

后来，我成了一个疯子。

最初我写了一堆小诗，抛开攒了很久的绩点而逃课去旅行，他们说我疯了；

后来我背着吉他上高原，和籍籍无名的流浪歌手一起卖唱和摆摊，他们说我疯了；

我一刀剪了短发，穿便宜的衣服鞋子，攒钱买相机和脚架，他们说我疯了；

我工作两月后辞职，写些风花雪月的文字，日子清贫而自由，他们说我疯了。

当我文艺，他们说我疯了；

当我商业，他们说我疯了。

时不时的，我总能听见有人在我耳边说：京，你变了。

在这些人中，有些是追随我许久的读者，他们热爱我骨子里那点文艺气息，当看见我为企业写文案，为品牌做推广的时候，气急败坏地追问我：你不是闲云野鹤吗？为什么要这样做？

他们不明白，闲云野鹤也要吃穿住行。

还有一些人，是我相处多年的好友，他们期盼我的回归和安稳，在看见我越走越远，不曾想停的时候，悲伤难抑地质问我：你这样放浪，你考虑过家人和朋友吗？

他们不明白，这是我的人生，我要最大限度的自由。

也有熟识的同学旧友们时不时出现，在看见我的生活时，对其中的散漫和随性指手画脚：你从前不是这样的，你从前积极上进，勤恳认真，你不是如今的这副样子，懒惰成性，散漫无礼。

人人都觉得我变了，人人都觉得我不纯粹，不合群，不符合规律的发展，不在规则之内盛开。人人都觉得我没前途，没未来，将在不断的逃离之中，成为被社会摒弃的存在。

可其实不会的，我所有的出格和放肆都不是目的，我只是在不断地接近我自己而已。

我不仰仗社会而存在，我自己成就我自己。

所有外界的声音都不能影响我，那些在意我的人，在我耳边不断发声的人，试图拉我回到正轨，试图劝我悬崖勒马的人，他们都不能够影响我。

我已经明白了此生为何，而我自己，应该如何去做。此后我行走的每一步，都将是我内心的选择，灵魂的声音。

任何夸奖不能使我感动，任何质疑不能使我退缩。

因为，我是我。

4

人生漫长，路途坎坷，我们会被森林里的迷障蛊惑，会被路途中的荆棘羁绊，时逢岔路口，我们不一定能够走对，即便走对了路，也不一定能迎来光明未来。

但我们仍旧要谨记的是，这人生，是一个自我完成的过程。

我们要明白，这一生自己应当是什么模样，也要明白，除却梦想之外的一切，皆为身外之物。

金钱，权利，名望，那些世人所追逐的，皆非最重要的。

唯独心之所向，该为此奋不顾身。

即便是做个打渔人，做个猎户，做个农夫，只要能够让我们体会到这人世的安宁、生活的快意，便是最好的选择。

我终将一路前行，披荆斩棘，逐步靠近那个想象中的自己。

那些酒后的醉言，酒醒后，我也将不再忘记。

总不能让梦想只做戏言置之。

总不能此生庸碌，带了满身倦意，却始终觉得可惜。

辑六

你手握万物生长的秘密

NI REAI DE YIQIE, SHENGHUO DOU HUI GEI NI

你热爱的一切，
生活都会给你

一个愚钝之人的孤独

我是一个梦中人。
如果你问我孤独是什么，我会告诉你，孤独是一场幻觉。

1

我今年 21 岁。

从我 10 岁那年开始，我不再有故乡，也不再有朋友。我跟随我那并不太熟悉的母亲，坐着四轮旧车远离曾经日夜相伴的地方，我眼见着窗外熟悉的一切被无形的引力拉扯变形，不断往后，觉得生活这块磁石，大概是终于下定决心抛弃我了。

妈妈说，别担心，生活在别处。

可我还是忍不住捂着脸哭出声来，我想，从此我只能是浮在半空中的人了。我的世界里不再有万有引力，我不再有归处可归，亦不会再有来处可来，这人间这样大，而我终究只能是一位过客了。

那一天，我一生中头一次，觉得孤独。

2

我失去了现实，于是开始遁进梦里，试图重新造出一个宇宙。

我在梦中跋涉千里，寻觅山川大河，绿湖白溪。我忽然怀念年幼时家中院子的那口深井，于是拼尽全力，打通长渠架上竹筒引来泉水，再挖一口深达三米的圆井，将壁上贴了石头，让冰冷的山泉逐渐漫了上去。

于是，我终于可以在夏天来临的时候，偷一个人家地里的瓜，丢进井里冰上半日，再拿出来切了到葡萄架下乘凉去。

可我突然想起，我的梦中还没有地，没有瓜，也没有结满葡萄的葡萄架。

3

我先是去造了一个农民，他皮肤黝黑，从风雪中来，脸上是刀刻的皱纹。

那个冬天，他上山挖了石头，一块块敲击成器；他斩断杂草，一点点开垦荒地。

没有种子，他便去山野里找，寻到了种子，再带回两只野鸡；没有老牛，他便把自己当牛，挥着石器犁田，一步抹一把汗水，一步望太阳一眼。

他赤着脚，将裤子卷到大腿根部，整个人蹚了河汤蹚了泥流，撅了杂草撅了害虫，终于在夏天的时候，种出了瓜来。

我买了一篓子老人的瓜，背在身上，往家里走。太阳落下去了，月亮升起来了，路面上有水，路面没有尽头。

我觉得孤独。

4

我于是又造了一位朋友。

朋友来的时候穿着黑色松垮的麻布衣服，他面带着笑意，手里拎了几壶桂酒，从老远的地方，我就闻见那酒香，混着春天的气息，扑进我怀里。

他见了我，说，由春入夏，还真是不习惯呐。

我接过酒，你若是喜欢春天，我造给你便是了。

我们还是没有结满葡萄的葡萄架，可我们有了山间清澈深远的夜色，和手一挥便四散、静默便拥挤的萤火虫们。

我们找了片空地躺下，你一口酒我一口瓜地说起了那些过去的人生，以及对未来的向往。

而月甚圆，十五的月照亮我们，对影竟有五人。

朋友说，这……打麻将还四多一呢。

我笑出来，哈哈哈哈。山谷也回我，哈哈哈哈。

5

我又造了一个春天。

我造出的是晚春，山间野花极盛，成簇成堆，以至荼蘼。我凑近其中，想要摘上一朵回家养着，指间一用力，这花瓣一抖，便层层叠叠地落了。

友言，春之将尽，你这造物功力也不行啊。

我闻了闻手中残存的花腐味，笑了笑，没有说话。

而山谷，回我以静默，却没回我笑。

是啊，我终归不是造物主，又怎能在梦中造出一整个江湖。

我连一场春，都留不住。

6

我那朋友很快便也走了，在瓜吃完、酒也饮尽的那个夜里。

他披上外袍，起身时说回那别处的春里取来新的桂酒陪我，却一走之后，再无音信。

而我终日住在这深山之中，日出时醒来，站在屋外，看那太阳从东边的险峰后一点点升起；日落的时候，我一边灌着井水，一边看它落入西边的深海之后。

唯独萤火虫似乎是生生不息的，我挥手，它们便四散；我静默，它们便拥挤。

有一瞬间，我恍惚以为，它们才是这宇宙的主宰；而我呢，我大约只是一片会动的山峦。

入夏以后，我试图再造一群人来陪我。

后山上的瓜地里，西瓜太大，我一个人吃不尽一颗；这林间奔跑的野鸡太肥，我一个人吃不完一只。夜色催生了孤独，我一个人饮着山泉，觉得饭桌上的肉菜，难以下口。

我是造了一群人出来，他们三五成群划地为王，在各自的领地里喝酒吃肉，开怀大笑。而我呢，我独自一人占据了正中的土地，红木桌椅精致，四周空无一人。

我想起那一年，我离开家乡的时候。

四轮车咕噜咕噜，窗外是林立的楼房和穿行的人流，没有人多看我一眼，没有门为我敞开。母亲在我身旁闭目休息，我假装没有看见，她眼角落下泪来。

那条路似是走到了如今，仍旧，没有尽头。

秋来了，万物枯萎，我仰身躺在夏日的席上，等待着冬。

7

我做了一个梦。

我梦见我是一块铁，住在一个圆球状的、内核是磁的村镇里。就和所有的铁一样，村里的村民们都被磁性吸引，依附在镇子的外围，随着组织指挥而移动。

他们各司其职，人人都有工作，人人都不多余。

可我不知道怎么，却像是块废铁，怎样拼命也无法将自己粘到镇上。

那些年我很不甘心，我想我从小成绩优异，朋友众多，凭啥在长大之后却是一块废铁遭受众人唾弃呢？

于是我用完固体胶，去用双面胶，用完双面胶，去用502，把自己弄得遍体鳞伤，却屁用没有。

终于，我的母亲带我坐上那四轮旧车，离开了我的故乡和我的朋友。

那一天窗外的风极大，混着地上的沙土卷进车里，打在我的脸上像是一个一个巴掌。

我想我没有难过，我只是觉得孤独。

梦醒之后，已是大雪盖了天地，满目疮痍。

8

我是一个梦中人。

如果你问我孤独是什么，我想我会告诉你，孤独是一场幻觉。

我今年21岁，距离我离开家乡，已经十一年了。带我走的时候，妈妈告诉我，生活终在别处。

而直到现在，我却也没能找到那匿身别处的归处。

我想了很多理由解释，却最终，各个理由都不攻自破。

我想是我愚钝吧，我既看不懂这人生，也丝毫不敢触碰它。

多年之前，因一场意外，我浑身浴血，来到这个世界。

后来的一切，便丝毫不如我所想。

我遵循着世俗的想法，努力生存，却又因这世俗的偏见，而无法自拔。世俗说什么，我便如何做；世俗却冷笑着，不容我。

而孤独是什么呢？

而人生是什么呢？

如果你问我，我会告诉你，他们，是场幻觉。

江湖太远，我陪他

许多年后，那个名字叫作尾巴的孩子长大了。

她17岁的那一年，喜欢上了一个浪迹天涯的男人。

男人留着一头长发，在脑后扎成马尾，走路的时候一晃一晃的。尾巴踉踉跄跄一路跟着，想要一个冲刺抱住他，又满脑子不受控制地，想起来家里没做完的作业，父母正在灯下等她回家。

她央求男人等她一顿饭的时间，她说，我想弄明白我是不是真的爱你。

如果我真的爱你，我就告别家人和朋友，只做你的尾巴。

1

怎样才算是真正喜欢一个人呢？

尾巴跑回了家，扑进妈妈的怀里，眼泪汪汪地问。

其实尾巴可从来不认为妈妈是个睿智的女人，她已经40岁了，无论怎么保养，眼尾还是有皱纹。妈妈总是待在家里，收拾屋子买菜做饭，闲下来的时候看一些没意思的电视剧，偶尔窝在阳台上，晒晒阳光，读几首诗。

就像是任何一个普普通通的家庭妇女一样。

可不知怎么的，那一天回来，尾巴还是只想要把自己的少女心事和妈妈分享。

夜里灯光柔和，妈妈抱着尾巴，眼睛里闪着光。

她和尾巴说了一个过去的故事。

故事里的女孩和尾巴一样是个少女，唯独不同的是，她没有尾巴美满的家庭，也没有尾巴天真的神情。

女孩成绩不好，所以被高考分配到南方的海岛上读书。她在未满 18 岁这年独自一人远行，此后几十年间，没有重新回到家庭荫蔽之下。

海岛自由散漫，却意外地，让她喜欢。

她在深夜的时候翻墙逃出学校，化着浓妆去听摇滚 Live，跟着乐队的节奏疯狂 POGO，抬眼的时候她嘴角带笑，目空一切，谁也不屑。

她从厨房找了把剪子一刀了结了长发，拿剃刀刮掉颈后的杂毛，出门的时候她抹上发油梳上背头，再涂上深红色的口红。

有时候她抽烟喝酒文身，辗转在夜场和初识的朋友碰杯，在凌晨的国道上脱了鞋子狂奔，她从来无畏。

她读了经书，便在手臂内侧和脚踝处文上日期和经文，总有人问她是什么意思，她敬上满杯酒，却一句话不说。

她从来喜怒不形于色，从来目无尊长泼辣野蛮；

她和许多不合心意的人谈笑风生，对他人满嘴的闲言碎语充耳不闻；

她倒是谈了几次恋爱，却好似从未爱过谁。

她告诉那些男孩除非完全接纳她，不然不要接近她。当有人反问说："你就不能够为谁多少改变一点吗"的时候，她丢了烟头，干尽杯中酒，让他别开玩笑。

她一个人许久，几乎不曾哭过，也从未觉得有什么事不顺心。

那些令人讨厌的坏天气，那些让人窝火的小事情，她眨眨眼，似乎一切不如意就已经过去。

她仿佛一直都很开心，精致的妆容和冷漠的表情隔离了人群。人们不愿接近她，不愿去挖掘她冷漠和肆意之外的表情。他们爱她或者不爱她，都是在千里距离之外，隔山看她。

日子过着过着，她觉得这个世界上，其实也没有什么可在意的。那些友情、亲情、爱情，不过是盛世的烟火下，被化学反应照亮的黄土地。

再漂亮还是黄土地。

2

可是后来，这个女孩子，遇上了她的心上人。

他们相见在冬日的酒吧。男孩子饮酒极快，话语不停。微醺之后，不仅关心她一路颠簸，更是问上，她的学习生活。

当夜他喝醉了，她背上包包带他回家，男孩子酒醉之后灼人的气息喷在她的脖子上，她突然间，听见自己的心，咯噔了一下。

这感觉多奇妙啊，她深深地呼吸，摸着自己的胸口心有余悸。

她突然就觉得自己是不是挺差劲的。

姨妈卷的短发和姨妈色的口红好像不太配他；随着节拍蹦迪打招呼时说句脏话的狂妄好像也不太配他；无论是冷漠还是傲气，总是配不上他。

他看起来是捧着武侠满胸腔江湖梦的少年啊。

阳光应该只照耀他。

女孩子以前总是想，要是真的爱上谁，就要带他去喝酒，带他去冲浪，带他去旅行。就要带他去深夜的地下酒吧，以及热带满是菠萝蜜和芭蕉的山上，让他看一看原始的，却热烈的，从来都在释放的自己啊。

而这时呢？

她突然觉得，深夜酒吧和热带荒山就算了吧，闹过以后一身臭汗的自己，配不上他。

分开之后，他们在每一个二十四小时里联络。

男孩子和她说了许多过去的故事，间隔年呀，做群演呀，当记者呀，开青旅呀，她有时也和他吹嘘过去的自己，却在每夜睡前，回想起自己那丝毫不热爱生活，从来在自我消耗的过去，觉得心里难过。

有一天，她翻到他写的句子：

“江湖太远，我不去了。我爱上了给你做饭，陪你睡觉。”

忽然间就明白了，其实他说的才是真理。

什么繁华世界啊，什么探险出格啊，什么烟酒文身啊，什么卷发红唇啊，那些浮于表面的坏东西，怎么配得上他的爱呢？

唯独他，唯独他才是重要的。

可是女生是一个多么酷的人啊，她每时每刻提醒着自己，要活得冷漠又放肆，毫不顾忌。却怎么为了区区一个心上人，便想着退隐江湖，采菊东篱。

可她是一个多么酷的人啊，卷发红唇或是素面朝天又有什么该在意。

于是她卸了浓妆，戒了烟酒，素着一张脸见他；洗完澡之后穿着难看的粉色睡衣，湿漉着头发笑嘻嘻地瞅他；

于是她学着拿那双弹琴的手煲汤，加一把枸杞，再加一把明媚的阳光。

她等了很久。

直到有一天他终于嘲笑她说：“你不酷了。你都六个月没抽烟四个月没喝酒三个月没去旅行两个月没去酒吧，你不再酷了。”

而她在厨房，穿着家居服，头发柔软耷拉着，素脸一张，咧嘴冲他笑。

“是呀，我都不酷了，又何妨呢？”

“我爱你呀。”

3

故事很长，尾巴听得快要睡了。妈妈停顿下来的时候，她揉揉眼，问：那后来呢？

后来啊，后来他们俩就在一起了。

他们一起去南方有花有雪的城市过冬，一起租了个有大片落地窗的屋子，阳光洒进来的时候，他们写字读书。

人生很长，有些人荒芜了他们的日子，有些人麻木了他们的生活。

但他们不，他们走遍了祖国每一寸土地，见识了梦中的每一处风景，他们在不断的交谈中明白了自己想要的是什么，然后在不断的尝试里找到了它。

他们过得很好，后来结了婚，生了个女孩儿。女孩儿长到 17 岁的时候，在一个傍晚跑回家里来，扑到她的怀里，问她说：“妈妈，怎样才算是真正喜欢一个人呢？”

怎样是真正喜欢一个人呢？

什么才是爱情？

有一天妓女从良，和尚还俗，吃人的杀手开始吃素；

有一天当你发现，传统的、固有的、坚守的，都是无所谓的，唯独他才重要；

你不再在意任何了，他来之前所发生的一切都是错误的，唯独他才是正解。

“尾巴，”妈妈摸着她的脑袋，声音温柔，“这就是真正的喜欢了。”

少女尾巴在她 17 岁满三个月的时候独自一人离开了家。

学校附近的公路上，有一个男人坐在摩托车上，手里捧着一包糖果，在等她。

走近他的时候，尾巴想：我的人生就要开始了。

江湖太远，我陪他。

他说人生苦长，男人之间的事，你不懂

我家远房亲戚里，有个表舅，是个跛子。

幼时，我家还住在那山脚下的村里，下了大巴，过了木桥，还得走上三十分钟的山路才能到。闽地潮湿，梅雨时节，阴雨连绵的天气，黄泥地就没有干的时候。我每天傍晚，在露台上滚着泥巴，就见着我这表舅，一跛一跛往家走。

他走得慢，头发上有水汽，黄泥点子甩了粗布衣服一身。

我就是挺瞧不起他。

他永远不穿干净衣服，粗布褂子拿歪歪扭扭的针脚缝补着，脚底下一双解放鞋从来都是泥浆遍布，湿湿漉漉。那会儿我虽然也爱往泥地里钻，可出门见人的时候，从来都是干干净净扎着小辫，穿着小皮鞋。

他的身上老有一股衣服没晾干再混上热汗的酸味。混合着臭解放鞋的味道，满脸黑嗖嗖的肤色和拔不干净的胡子，孩子们见了都是要捂着鼻子往旁边躲的。

我也嫌他脏，每一回他要抱我，我都躲开。

表舅还爱赌，我听外婆说，他啊，是我们村好赌的人里能排上名儿的了，可是表舅啊，没钱。我听说，早年间，他借了挺多高利贷的，现在欠了一屁股债，还一辈子也不知道能不能还完。

没钱了，又有赌瘾，每天晚饭后，他就双手背在身后，一晃一晃地到我家来，看大人们打牌。他挺怪，既不吱声，也不喝茶，就一直在一旁站着，混浊的一双眼睛盯着牌局，几个小时也不动弹。有时候，

那些叔叔舅舅的喊他上桌玩儿两圈，他就摆摆手，说，不了不了，该回家了。然后一晃一晃，踱回他那半山上的家。

我挺看不惯他那副装样儿，没钱就没钱么，还说没时间，谁不知道他欠了一屁股债呀。

我还看不起表舅老拿孩子说事儿。

表舅没老婆，但是有一个孩子，小名儿叫毛毛。我听大人唠嗑的时候说，那是表舅生死兄弟的娃，兄弟进局子了，老婆跑了，就给表舅养着。毛毛和我是顶好的朋友，我们一起上学一起回家一起过家家酒，他和我一样嫌弃他这个散发着穷酸味儿的二爹。

家里的老人老是劝表舅，找个媳妇儿过日子吧，这眼看着毛毛也长大了，就要出去念初中，也不耽误什么事儿。对了，我们那村子是没有初中的，初中必须到镇上念。可是表舅老说，不行，我得照顾毛毛，不能让他受委屈。

我和毛毛都特别看不惯他这套说辞。

“娶不起媳妇儿就娶不起媳妇儿呗，非说是爱我。”我记得有个周末，毛毛和我上菜地摘茄子的时候，还嘀咕过这事儿，“平日里也没见他多疼我。”

“就是就是，我看表舅啊就是娶不上老婆。你说谁会嫁给跛脚的人呢？”我学着表舅走路的样子，在菜园子里深一脚浅一脚来回兜圈，和毛毛两人笑得直不起腰来。

很久以后，这个场景，变成了我日夜良心难安的梦魇。

后来我长大了些，去了另一座城市上学，难得回去，挺多年没见着他。只是听家里人说，债主找上门来，这些年，他东跑西跑地躲债。

再见到他的时候，是我高三那年。

表舅还是那个样子，粗布衣服针脚粗糙，只是脚上，终于不再是那双解放鞋了，而是换成了双面上有些磨损的黑色皮鞋。

他老了挺多，见了我很高兴，说我变漂亮啦，长高啦，是个大姑娘啦。许是顾及我从前对他的嫌弃，我看见他往前想要抱我的动作停在半空中，一个尴尬的笑容后，他挠挠头，放下了手。

我却已经不那么嫌弃他了。十七八岁的姑娘，总归懂事了些，那些幼儿时期的小孩子脾气早已放下，虽然心中还是不齿表舅荒唐度日的习性，却已经学会，敬他一句表舅。

这样想着，我伸手拍了拍表舅的肩，轻轻地抱了他一下。

表舅仿佛很惊喜的样子，咧开嘴笑得皱纹都能夹死苍蝇。他拍拍我的手，一副欣慰模样，另一只手从口袋里掏了掏，掏出了几颗花生奶糖，说是前两天喝喜酒时带回来的喜糖，给我吃，沾沾喜气。

奶糖在口袋里捂久了，已经半化，我剥了一颗放进嘴里，很甜很香。

毛毛早已经被他的生父接走了，生父从狱里出来之后，不知从哪里找来一笔钱，把表舅剩下的债都给还上不说，还帮表舅在镇上盖了房子，好让他安稳住着。

表舅说收着这房子心里难安，外婆骂他，“有什么难安的，孩子这么多年是你养的，那债不也是你一年一年还的吗。”

我这才知道从前的故事。

这表舅和毛毛爹两人是打小就穿一条裤子长大的好兄弟，十里八乡的，就属他俩最皮。十三四岁开始，表舅染上了赌瘾，这一带，带着毛毛爹也好上这口。两人那会儿给包工头们开货车做工，赚的还算不错，这一人吃饱全家不饿的，对他们这点小癖好，家里也就睁一只眼闭一只眼了。

没两年，毛毛爹娶了个媳妇儿，顺势嘛，就生下了毛毛。

结婚之后，毛毛爹赌瘾越发的大，没事儿就和表舅到镇上的赌场里玩上两把。这赌局里待久了的人，见多了一夜暴富和一夜破产，总归是心痒痒的，时不时的，也就玩上一两把大的。这表舅气运不错，总能三输七赢，每个月还能赌赢点钱。他那两年还是单身汉，家里家外也不用他养，日子过得挺轻松。

毛毛爹就不行了，十赌九输，这家里老婆孩子每个月等着用钱呢，该输的不该输的都给他输了。从那时起，表舅就经常接济他家。

后来，这毛毛爹几乎是魔障了，成日里泡在赌场不出来。这钱也不去赚了，家里老婆孩子的，也不再管了，满心想着靠赌翻盘，借了一笔又一笔的钱，全都输得一干二净。老婆闹着离婚几次也没成，整日以泪洗面。

孩子还小，没营养跟个瘦猴似的，这才被街坊邻里叫出来毛毛的小名儿。

后来高利贷找上门来，说是不还钱就干死他全家。表舅拎了水管就上毛毛爹家支援去了，那场架，以表舅的腿被铁棍敲碎，毛毛爹捅了人家一刀，被弄进局子里去为结果。

自此，表舅跛了腿。

毛毛爹进去以后，他老婆就跑了。

那年头，谁家都没有多余的粮食，谁家都不想管毛毛，表舅就把毛毛接回家来，顺带着，也承担了毛毛爹欠下的那一笔债。

表舅戒了赌，戒了自己的年轻人脾气，开始兢兢业业上工地干活儿。什么上山运木头啊，建筑工地搬砖啊，棚里种竹荪啊，只要有活儿他都做，不管钱多钱少。他一个二十啷当岁的小伙子，驼了背，跛着脚，没成家，就这么照顾着一个小孩长大，等他父亲出来。

“我倒是愿意他不给我这房子，债我慢慢还，毛毛要还是在我身边就好了。”饭后烤火的时候，表舅抽着烟，低声说。

我突然觉得，他是真的很爱很爱毛毛。

小的时候，表舅自己那副粗糙德行，又上有老小下有债主的，毛毛从来穿得就像个城里小孩，红烧肉就没短过他的。把豆芽菜养得长了张粉嫩少爷脸，颇得我这个势利眼的欢心。

可表舅自己呢，我想起那些年沉默的他，忽然觉得自己那些写在脸上的嫌弃真是糟糕透了，恨不能穿越回去打醒自己那个没大没小的东西。

表舅从来就不爱说话，有什么也从不辩解，这么多年，毛毛对他始终有些不理解，可他佝偻着脊背，瘸着脚走路，却是也未解释过一句话。

真是一片苦心都深藏在沉默里啊。

那一次回去，我带着表舅去了很多我们当地的景点。什么这山那湖啊，这庙那城啊。在这个省份住了几十年，在这座城市住了几十年，那些外地人常来玩乐的去处，表舅是一处也没去过。

我看着他颤抖着摆出“耶”来，让我照相的那样子，嘴角带着灿烂却不太自然的微笑，皱纹刀刻一般深邃，遍布满脸，我不敢想象，他其实还未满 40 岁。

后来我上了大学，一年两次假期全国各地地旅行，很少再回老家。

我听妈妈说表舅还是那样，穿着粗布衣服脚踩旧皮鞋，什么脏活累活儿都做，平日里沉默寡言。他还是没有搬进镇里的新房子，一直在村里住着，时时刻刻念叨着要给毛毛攒钱娶媳妇儿。

这几年外边劳工价格高，他听村里人提起了，便也跛着条腿，跟着村里头年轻小伙儿一起外出务工。每月通电话的时候，他的声音疲惫而欢喜：每个月能赚八千，节省的时候能攒七千来块钱，和工友们几个人住一屋，房租才两百，还能互相照应呢。

他说，自己操劳了半辈子，住啥新房子啊，不如多攒点钱，给毛毛娶媳妇儿。

我回回听见妈妈同我转述这些话，回回控制不住自己，落下泪来。

毛毛已经大学毕业了，在厦门混了个不错的工作，走出来人模狗样的，和小时候一模一样。有一次我去厦门，难得联系上，他请我吃了顿饭。

毛毛说："还是想给我二爹找个媳妇儿。新房子也在那儿，拾掇拾掇就能住，我也工作了，家里总不至于没米下锅。"他沉默了一会儿，接着说，"总不能让我二爹，一辈子都砸在我和我爸手里啊。"

"是呀，表舅现在也没有40，是该找个媳妇儿。"

毛毛坐在我对面低下头轻笑，却拿了纸巾偷偷抹眼睛。我知道他也是那样，长大了懂事了，回想起这半生，觉得亏欠。他吸吸鼻子，低声说："我努力赚钱，努力养家。我比谁都希望我二爹他好。"

我知道，怎么不知道。

一切都会好的。

回程的路上，我想起来上次见到表舅的时候，他说起那些往事，笑得满脸皱纹地同我说，这人生苦长，男人之间的事，你不懂。

他这一生，从没有觉得自己不值过。

那便是值得。

冬天时我喜欢靠近温暖的事

认识她很久以后，我写了一首小诗，名字叫作《冬天时我喜欢靠近温暖的事》。后来，我认识了一位音乐人，她觉得这首小诗不错，便拿着来找我，问我能不能把它改成一首歌词。

我改了。

歌曲上线之后，网易云有很多评论，每个过路人在狭窄的网络之中，借着一首情歌的劲儿，倾诉着自己的人生中那些刻骨铭心和难以忘记。

我一条条翻过去，没有哪一个人，有她烈性。

像是风霜满身却无处可停的旅人，我敲碎这陈旧皮囊，与归途同荒。

像是逃出死地又冲进火场的女人，我怀抱着心爱之物，将自己安葬。

1

了凡，是一家书店的名字。

也是她的名字。

2016 年整个春天，我在这家书店里做义工。

那时间我本应该在学校读着我的管理学，可日子实在是太无趣了，又碰巧看见微博上她说，最近身体不好，希望有个义工帮忙打理，一条私信一张机票之后，我便落在云南。

书店被她安置在大理的雪山脚下，往后一拐，转个弯儿就能上山。屋子不大，里面错落着堆满了书和枯枝，透过门前的屏风望进去，静谧而雅致。

可我却听见她在我身后说，冬天冷的时候，顺手捞上两根木头，点着了扔进炉子里，便可烤火。

一点也不雅致。

了凡今年已经40岁了，按照我国的算法，大约是老阿姨的那个年纪。

可去接我的时候，她穿着素色的长衫，乌黑的头发在身后铺开，笑起来眼尾的皱纹温柔得紧，不像是个阿姨，倒像是个神仙姐姐。

“我未婚，独居，像是个怪女人。你可不要介意，我虽然如此，却没有什么不良癖好。”她接过我的行李，右手揽在我肩上，声音柔和。

“姐姐你这么好看，我怎么会介意？”

她笑起来：“你可别叫我姐姐了，听得鸡皮疙瘩都要起来了。”

打那以后，我就只叫她了凡。

我们的住处是个两层的独栋，就在书店后面藏着。

从书店的偏门出去以后，是一方小院。院子不大，但被打理得很是精致，满是一盆盆的多肉和叫不上名字的花草不说，了凡更是把鹅卵石垫满地面，又在缝隙处填上水泥，看起来好看，走在上面却一点也不硌脚。

右方一个小池塘里，是满池乱撞的红鲤，和几只半大不小的龟。

穿过这个院子，就是那满室了凡风的住处了。

了凡告诉我，这个地方，她已经住了快二十年。

2

因为书店位置偏僻，来客不多，我作为义工的日子就显得清闲得有些过分了。

了凡每天都起得早，吃过早饭以后，便点上熏香，裹上毯子，抱着书往她的贵妃椅上一坐，摇摇晃晃就是半日时光。这半日可是实实在在的半日，甚至还有更多。经常是一大早，我骑上小摩托“嗖”地就往外跑了，等到日头快下落的时候我回来，她却还是那个姿势，动也没有动过。

屋内昏暗，她在层层叠叠的屏风之后，轮廓明明暗暗。

其实我一直想问她，为什么要抛弃繁华世界，一个人独居在此，守一屋子书，和身后终年积雪的苍山。可每次，我看见她温润明媚的笑时，又什么都问不出口。

我害怕我用词的不小心，会错误地伤害到这个女人。

很久以前我看过一本书，书里的主人公说：出世远比入世要难。我们生来就是为了这个世界存在，当一个人在生命的半途，却决定远离世界时，若不是她对此失望透顶，便是她对此有难言的痛。我们可以忍受常年的孤独，如果不孤独的代价是，时刻剜心的话。

了凡在熏香之中闭眼打坐，表情祥和，我便不再愿意为了满足自己的好奇心而去探究，她抛弃大千世界，守这一屋子书的理由。

可最后，我却还是知道了。

我还是看见了她的眼泪，听见了她的恸哭，感受到了这个女人转瞬即逝的年轻和苍老。

那几日，向来日头热烈的大理一反常态，落起了雨来。

书店空旷，风灌进四处的雕花窗子里，忽闪着绕过书架和桌椅，往人的身上撞，冷得人浑身刺痛。我本是从南方的海岛过来，就没带几件厚衣服，成天地就找了个毛毯裹着，取暖全靠抖。

见我那样，了凡从库房里拖出一袋煤，在屋里生了一炉炭火，供我烤烤手脚。

“现在的年轻人啊，是越来越不行了。”她还是穿着那些单薄的长衫，卷着半截袖子，往炉子里加碳，“我像你这么大的时候，大冬天的，穿着单衣布鞋满街满巷地跑，什么也不怕。”

我吸吸鼻子，冻得嘴唇直抖个没完，她看我一眼，噗嗤一声又笑出来。

“你等着，我找点酒来给你暖暖。”她拍干净手，到院子里翻了一会儿，提了两壶酒和一篓子红薯回来。

在矮桌上架个小炉子，添几块烧红的煤，把酒往上边一放；再拿木棍拨拨脚边的炉子，挑上几颗浑圆的红薯，往里边一埋。

“好久没喝两杯了。”她倚在自己那把贵妃椅上，笑得眉眼弯弯。

酒是桂花酿，去年秋天封坛的，入口清甜，但度数不低。那一晚，我们喝着热酒，吃着烤熟的红薯，说了很多平时不会说的话。

了凡在这里已经住了十六年。她说，几乎每一年都会有一两个义工陪她度过一段不算长的时间，每次陈酒开坛的时候，难免喝多，难免说错。

“要是今天我也说了什么不该说的，酒醒之后，就忘了吧。”

我举杯敬她：“好的，了凡。”

3

这一晚，我知道是要醉的。

了凡喝得很急，一杯一杯的桂酒嗑豆子样地倒入嘴里，也不细尝，纯粹买醉一般。

酒过半巡，她终于停下来，蹲到火炉旁，慢悠悠地把红薯从炭火中往旁边拨。她看着火光，眼睛半合着，声音里带着酒后的哑。

“我以前年轻的时候，在深圳的制衣厂做女工。那时候我想转行，就去上成人夜校，我们的老师，就开了一家书店，他说，在汕头。”火有些大，了凡左手半护着脸，右手拿树枝插了个红薯递给我，“你吃。”

“他是个读书人，上过大专。你知道我们年代的大专和现在不一样的，那个时候，大家都没有文化。我家上下七个兄弟姐妹，都是初中学历。”她慢慢地剥着红薯焦黑的皮，眼睛不知道看向哪里，“我那个时候，有点儿，仰慕他。”

了凡爱上了那个男人，又因为文化水平、师生关系这样的原因，而一直将情感压抑在心里。那两年，她白天在工厂的流水线上做着机械的工作，夜里去夜校上课，和同事们一起住在宿舍的大通铺上，每个月赚 600，往家里寄 500。

那个时候，了凡未满 18 岁。

后来她不再去上夜校了，也不再在制衣厂做工。她换了一个工厂，为了更多地赚两百块工资，从市里搬到郊区。了凡是福建山区的孩子，山区贫困，家族里大小十几口人，哥哥弟弟得上学，爸爸妈妈得吃饭，她虽然是个姑娘，也想要为家人做些什么，她得赚钱。

“其实不去上夜校吧还有一个原因，就是我真的上不起了。我连公交车都坐不起，真的。”了凡一小块一小块地吃着红薯，白净脸蛋上细密的皱纹，在火光前尽显。“我啊，去和他道别。我告诉他，我很敬爱他，很倾慕他，很……佩服他。我还找他要了家里的地址，我说，感谢他，等以后发达了，去探望他。”

我问她：“可你为什么不告诉他你爱他呢？”

了凡笑笑：“我太自卑了，我配不上他。”

后来的那几年，了凡辗转去了几个城市工作，先是在工厂做工，后来逮着了机会去有钱人家做保姆，再后来，她通过客人的引荐，拿着几年间存下的钱，凑上兄弟姐妹们借的，做了一点小投资。赶得巧，小赚了一笔。

“后来我体面了，买了新衣服，还给自己涂了口红。我去了一次汕头，我觉得我能赚钱了，像个女人了，我想要嫁给他。虽然他们说，广东地区排外是很严重的，可怎么能不试一试呢？”我递酒给她，她饮尽，发呆了很久才继续往下说，“原来他早已经结婚了。”

“你知道吗？我原本想做小三。”她突然抬眼看我，目光灼灼，“我没有走，就在汕头找了个厨房帮厨的工作，把房子租在他家附近。我每天下班都去他家书店转转，逗逗他的小儿子，挑几本书回来看。”

“他的妻子是个传统的女人，不读书不赚钱，安分守己相夫教子。我那时想，他那么有文化有涵养的人，怎么会爱这样一个女人。”她笑起来，“我二十二岁，年轻，漂亮，能赚钱，见过世面，我以为他会爱我，还会离婚，还会和我生孩子。”

“人这一生会做很多错事，有些人悬崖勒马，有些人葬身崖底。我是那个悬崖勒马的人。”了凡的声音越来越小，最后顿住了。她蹲在地上，低着头，不发一言。我走过去抱住她，小声安慰，“我们不说这个了吧，我们去睡觉。”

“他的妻子在我面前哭，虽然我只是每天找他读书，什么也没有做。可我还是知道了，我在犯罪。”她握紧我环抱住她的手，声音里带着低哑哭腔，“我不知道有没有比坏人姻缘更重的罪名，我不知道……我22岁……”

了凡哭了。

她蜷缩在火炉旁边，长发盖住了整张脸，哭声喑哑，让人心痛。

我没能安慰到她丝毫。

4

后来，了凡离开了汕头，离开了广东，来到了云南。

她拿赚到的那些钱，在苍山脚下租了个院子，开了家书店，饮雪沏茶，看书作画。近二十年了，除了每年回家几次，她哪儿也没有去。

诗人的笔上生花，将少女的爱情描述得千般伟大，却始终无法令罪恶结出果实。

情爱再美，总是错的。

而我们为何念念不忘呢？大约是因为，这世间所不容之物，总是惹人记挂吧。

“我是真的爱他，而直到最后，我没有对他说过这句话。”了凡撇开我的手，摇摇头说没事，“有时候我会想，我是不是可以说我自己没有犯罪。可是我总是会想起他的妻子在我的出租屋里哭泣的场景。那是一个以夫为天的女人，而我差点，毁了她的天地。”

“我曾经以为，只要我飞蛾扑火地去爱就可以了。”她站起来，嘴角挂着微小的弧度，“却忘记了，也许我燃烧时候的那一点火光，也可以烧了他家那一整间书店。”

而我们为何念念不忘呢？

大约是因为，这一生，除了他，也无所可想了吧。

女人呐，爱而不得，便付诸一生，去纪念，去讲述，去回忆。

女人呐。

酒过三巡，碳火灭了，人也醉了。

酒醒之后，还是那阴雨连连的天。

5

那个春天，我在大理待了快两个月。

了凡带着我在深夜的时候去爬了雪山，快到山顶时，恰好天亮。太阳从远处升起来，光辉洒在雪上，金碧辉煌。她说，这叫日照金山，能许人一个愿望。

我闭着眼，在心里对着这光芒说，如果能够爱人，我希望爱上一个独身的男人。

了凡在我身旁，双手合十，表情虔诚，我不知道她在许什么愿望，但我希望她能愿望成真。

5 月的时候，学校有考试，我总归是要走了。

收拾行李的时候，我哭哭啼啼地抱着了凡不肯撒手，我说你可不能忘了我，你一定要给我寄乳扇，你一定要等我，冬天的时候我还要回来。

她笑得眼尾都是皱纹，被我缠得不行了，只能连连点头说，十几年我都在这了，你还怕我跑了不成?

她穿着素色长衫，手心温暖。

我难以忘记那一天火盆里煤炭的热，想要在天气寒冷的时候，再与她就着桂花酿，把酒言欢。

我想也许一年过去，我也会有些故事可说，酒过半巡，能大哭特哭，能打滚撒泼。

冬天太冷了，我想要靠近一些温暖的事物。

可冬天的时候，了凡却不在了。

我没有事先告诉她我要来，兴冲冲拖着行李箱走到门口的时候，却看见大门紧闭，杳无人烟的景象。

书店的位置本就偏僻，了凡也不在的话，就真的没有生气了。

我裹着上回从她这儿顺走的毯子坐在门前的台阶上给她发微信，直到夜里七点，她还是没回。

在我到家很多天以后，了凡才终于给我回复了一条消息。

她说，家里人病重，便回家了。

我问她什么时候再回大理，隔了两天她告诉我，不知道呢。

那天之后，她似乎再也没有上过那个微信。

我后来再去大理，也不再会到那个苍山脚下的书店看看了。

我不知道她回来了么，也不知道她去哪了。

我只是经常在寒冷的时候想起，那个火光温柔的夜里，炉火很旺，桂酒很暖，两个女人在书店的地上，哭成一团。

冬天的时候，我喜欢靠近温暖的事。

在人间，有谁活着不似一场炼狱

有一天我突然看见一句话：在人间，有谁活着不像一场炼狱。

那时我在大街上，手里挎着新买的红色丝绒面的包包，我化了桃色的眼妆，阳光打在脸上，眼尾的荧光，闪亮亮。

我知道我挺漂亮，钱不算多但也够用，我一个人在大城市里，晒着新物件喝着下午茶，活像一个年轻的白领，准一线城市的中产阶级模样。

我看见了那句话，然后蹲下来，哭了起来。

我想起了一个小姑娘。

她出生在一个贫苦之家，母亲一连生了七个孩子，她排行老四。于是自懂事起，她便从忙碌的父母手里，接手了管教弟弟妹妹和喂养那一圈猪的任务。

房子在半山上，学校在六公里外的镇里。她每天背着弟弟抱着妹妹摸黑走上几小时的山路去上学，放学回家的路上，还得到坡上打一把猪草，带回家里喂猪。

后来再提起这事儿，她满眼笑意地说：那时候啊别看我小，喂猪喂得可好了，一头头都白胖白胖。

她 15 岁那一年，得了脑膜炎。那时候脑膜炎是个大病，那年不知怎的，村子里许多人都得了这病，得了病呢，赤脚医生也看不好，上省城治吧又没钱，她受了很多罪，但最后总算是好了。她同我说起那场浩劫，沉默许久：那一年村里很多人死去。

她正是在念中学的年纪，好不容易返回了课堂，却被所有人孤立。他们觉得她是得过病的孩子，会将厄运传染给他们。她坚持了一些日子，最后不堪忍受，只能辍学。要知道，她的成绩在当时可是顶好的。

可又有什么办法呢？安稳活着，总归更加重要。

回家之后，她养猪养鸡，种菜种田，把自己当作是一个劳动力在拼命干活，生怕人家觉得，她光会吃喝懒惰，却什么也不做。可或许是退学回去的孩子，在家人眼里总归不太光彩，她无论多么辛苦，干多少活，却没人看在眼里，记在心中。

她 19 那年就被母亲嫁了出去。

她会早早嫁人是因为，哥哥结了婚，娶了嫂子回家，而嫂子不喜欢她。嫂子觉得她不外出务工，只会下地务农，虽然照顾家里上上下下十几口人和后院整圈的猪和鸡鸭家禽，却依旧只是个光会吃饭的没用姑娘。她的母亲心疼她被媳妇明暗里挤兑，便托人为她寻了亲事，见过一两面之后，便仓促嫁了。

这样仓促间的一个决定，成为她生命里往后二十年，悲剧的开端。

迎接她的新婚礼物，是夫家的辱骂和扫地出门。

丈夫嗜赌，脾性暴躁，在和家里几度争吵之后，便被逐出了家。可怜她一个 19 岁的小姑娘，初来乍到，便露宿街头。而她却硬生生扛下了这一切，未同父母讲。

她租住在昏暗的矮房里，想尽办法赚钱养家。而丈夫呢，每日里喝酒赌博，夜里醉了便掀了桌子摔了碗筷，白日醒着便游荡在外和女人厮混。起初她还会哭呢，日子久了，也就不哭了，只日日拼命做工，想着还债盖房。

她 21 岁那一年，终于攒够了钱，可以盖一个房子。

她亲手去河边搬运石头做地基，请求家中亲人从旧家山上运来木头做房梁，她支着大锅为工人们做饭，她彻夜不眠，盯工运沙。

她那么辛苦，那么拼命，夫家人却只抓住她三年未孕的事情侮辱她，在街坊中到处宣扬她是不能下蛋的母鸡。

后来，她收养了一个小孩。

小孩是被人丢在街边的，最初是对街的人家捡回了，可这小娃娃成日哭闹，不好养活，那家人于是又将她扔了出来。后来又有一家人将这娃娃带走，可上医院检查身体时，发现她心脏有毛病，便又扔了出来。

这个时候，她顶着家人的辱骂，将这个小孩带回了家来，并在接下来的二十余年里，一直为她治病，养育着她，直到娃娃长大，出嫁，顺利生下自己的小孩。

她的丈夫变本加厉了，不仅赌博，还借高利贷；不仅嫖娼，还强奸。

那几年间，他几度与人通奸被砍，几度欠钱不还债主上门讨债，甚至有一回他强奸被抓，这么多的事情，都是她一个人牵着收养来的小女儿一起扛过来的。

她赔钱，她还债，整个冬天她去医院护理通奸被砍的他，整个梅雨时节她牵着孩子挨家挨户借钱去警局保犯了强奸罪的他。

至于为什么没离婚呢？暴戾的丈夫，落后的农村，街坊邻里的闲言碎语，以及不愿家人担心的隐忍。

她爱上了一个男孩。

男孩小她几岁，几年间所有难熬的日子，他在她身边，一直帮助她，陪伴她，海誓山盟说遍，直到那一天，她爱上他。

她怀孕了，男孩怕了。她决定要这个孩子，男孩央求她别暴露他。

她知道她本不该生这娃娃，就如她一直知道，无法孕育下一代人的是丈夫，而不是她。可她还是执意生下了，在丈夫红了眼的打骂之中，在婆婆狠了心的虐待之中。

很多年以后她和我说起这段无疾而终的爱情，泪水淌遍了她已满是皱纹的脸，她说，我真没想过，我这一生，还能拥有一瞬间的爱情。

小女儿 5 岁的时候，因家中负债太多，她决定外出务工。

她去了深圳，在制衣厂做衣服，每天工作十几个小时，夜了还另打一份工；她去快餐店帮厨，每天不停炒上五六小时的菜，再洗上五六个小时的碗。

她把钱都给了家里，每个月只给自己留一两百的生活费。她这么做，只是为了让丈夫能待两个女儿好一些。虽然她明知道，这个家是一个无底之洞。

但一切总算是慢慢好了起来，逐渐地，家中没了债务，添了家电。

小女儿 10 岁那年，她在外工作的时候，因为和丈夫在电话中起了争执，差点失去了她的孩子。那男人摔了碗筷，扯了柴刀，便拖着小女儿去河边想要将她淹死。她一直记得那天电话里男人的声音狠毒无比：你让我痛苦了十年，我要让你痛苦一生。

小女儿最终被她的哥哥救回。当她连夜赶回家乡，在清晨时终于抱住呆滞的孩子时，这样的一个传统的、委曲求全的妇女，决定离婚。

离婚是一件很难的事。

她拼命工作了那么多年，终于在另一座小城里有了自己的小餐厅，生意火爆，熟客渐多。可因为离婚，他几度带人砸店抢钱，还扛着铁管去她家楼下转悠。为了不被暴戾的丈夫骚扰，她关了店，搬了家，还给了他许多许多钱。

她亲手盖的房子也给了他，她这么多年攒下的积蓄也给了他。最终在法庭，他拿了钱得意扬扬的时候，她握着两个孩子的抚养权，同他说：你再也不会见到孩子。

新生活终于开始了。

她努力工作，起早贪黑的，三份两份工的。女儿在她身边，一个念高中，一个念小学。很长的时间里他们活得很贫困，租住在很小的房子里，但无论是谁，都觉得，那段生活可真是幸福极了。

她们一点点搬到了明亮、干净的大房子里。

她们终于还清了债，有了存款，在小女儿上中学的时候，她甚至在新的城市买了一座房子。那天夜里她带着小女儿去毛胚房里转悠，月亮照进来，她抱着孩子，小声说，别怕，坏的一切都过去了。

日子越过越好，她终于松懈下来，却已经是一身毛病。

她在女儿们的叮嘱下定时体检，每日吃药，时不时地，还上医院做做针灸，做做理疗。女人在这样的年纪，本应是最爱美的，而她呢，每日里做做饭，散散步，疲惫从骨子里透了出来。

她老得极快，明明几年前还明艳动人，几年之后，却满头白发了。

这么多年，她那样辛苦，那样拼命地活着，分明是那样善良、漂亮的一个人，这世界却不肯温柔待她。可即便这样，在她教育孩子的时候，仍旧是摸着她们的头发，轻声说，就释怀吧，把所有的过去，都当作是故事。

好的故事总是不一般的，我们是故事里的人。

孩子点点头，似懂非懂。

孩子后来长大了，这女人从未缺她吃喝，缺她玩乐，还给了她最大限度的自由。孩子后来去了大城市工作，朋友圈里晒着光鲜亮丽的生活，难得回家。

女人很欣慰，劳苦一生之后，结局似乎终归不算太过惨淡，日子一点点往好处走，太阳总是在的。

而女孩呢，有一天女孩，背着自己新买的红色包包，在沪上繁华的大街上看到了一句话：这人间，有谁活着不像一场炼狱。不知想到什么，她崩溃大哭起来。

女孩其实是想起了生命，来时非自身所愿，走时大都也非自身所愿。

这被动的一生到底有何不可舍弃的呢？

她想起女人曾在家中长辈坟前，在山林萧瑟的风中，对她说过的那句话：人生就在手里。而你的手中，握着万物生长的秘密。

便是此生了吧。

女孩抹干净眼泪，站起身来，铿锵有力地，行走进她的人生里。

硬座火车随见录

我第一次对硬座火车产生印象，是因为一个一边抽烟一边哭泣的男人。

后来我走遍大江南北，在或空荡或拥挤的车厢，那些匆匆打过照面的人们，我总是会想起那个男人，他重复使用一张纸巾，擦着眼泪和鼻涕。

他的手从来就是抖的，而能够区别强度的，只有他嘴里颤颤巍巍说出来的那些话了。

1

我见到他，是在一个夜里。

车厢的灯没有灭，人们三三两两靠在一起，裹着毯子和厚棉袄，已经熟睡。

我看了看手机，海拔已经升到四千多米。窗外是一片乌黑，厚重的雾抹在玻璃上，用袖子怎么蹭，都蹭不干净。我想起白天的时候，他们说，再绕过一座神山，再绕过一片圣湖，就会到此行的目的地，拉萨。

这是我第一次进藏，三十多个小时的硬座火车实在难为人，我准备了一袋子泡面，因为怕死，还随身带了一盒红景天，最后却没有派上用场。高原辽阔，是我从未见过的。这一路上，雪山、冰泉、圣湖、经幡、荒漠、牛羊……与我前二十多年的人生仿佛不是一处。我把脸贴在窗户上神采奕奕，丝毫没有攻略上说的呼吸急促，头晕目眩的高原反应，也不知道是兜里揣着红景天带来的安全感起了作用，还是这传说中自带供氧的火车起的效果。

此时已经是夜里三点，火车愈是往高处开，我愈是觉得，太阳马上就要撕开天幕，照亮这个世界。想着想着，有些饿了，我推开趴在我背上睡得直嘟囔的邻座小姐姐，从座位下面捞出一盒泡面，准备去车厢连接处吃个宵夜。

他就蹲在那里。

起初我并没有在意他，我哼着小调儿，悠悠然下了调料冲了热水，拿叉子往盖儿上一戳，捧着泡面就在他身旁蹲下了。老坛酸菜的味道从没有盖严实的杯盖中透出来，虽然的确是香气四溢，但我吸吸鼻子，还是觉得怪腻的。

怪我当初没想透，一口气拿了四个老坛酸菜面上火车。

他蹲坐在地上，头埋得很低，右手食指夹着半根烟，时不时地，送进嘴里深深吸上一口。我吱溜吱溜吸面的功夫，见他一根又一根地燃起烟来，不由得就多看了他一眼。

这一眼，却发现，这个男人在哭。

他看起来已经不年轻了，至少也是过半百的年纪。男人穿着一件带绒的黑色皮衣，显然是旧了，表面的皮子褶皱丛生，斑斑驳驳。皮衣里头是一件粗线织的毛衣，厚实而无趣，像是出自家人之手。他头发有些长，张牙舞爪地窝在脑袋上，眼泪就从头发下面那浑浊的一双眼中淌下来，顺着层层沟壑，流到嘴角和衣领上。

他平静并且机械地一下下抽着烟，三口一支，毫无声响。

如果不是我转头瞥他那一眼，我不会知道，他哭得这样悲伤。

“大叔……”我愣了神，放下泡面，从口袋里抓出纸巾来递给他，声音颤着，“你还好吗？”

他接过纸，深吸了一口烟后重重地碾灭了烟头，没有说话。

我于是也没有说话，坐在他的旁边，低头看那半碗泡面，一点点被泡开。

“小姑娘，你还有纸吗？”

许久，他才吭声。

我忙递过去，他接过纸，抹一把脸，再醒了个鼻涕吐了口痰，哑着声音和我说：

“我的儿子啊，死啦。”

2

他的儿子是在高原上病死的。

男孩子不到30岁，四川绵阳人，从十五六岁开始，便不再上学，一直在工厂做工。几年前市场不好，一直干着的工厂倒闭之后，他想着散散心，便骑着家里那辆破摩托车，一路上了高原。

这一来，便再也没走。

他给家里打了电话，说拉萨这个地儿，人才少工资高，发展潜力好，自己想在这里闯个几年再回家娶媳妇。父母虽然担心，但又觉得不该束缚着这唯一的儿子，便什么也没说，由着他自己闯。

可没学历也没技能的男孩子能闯出什么名堂来呢？

男人说，男孩先是找了份在洲际酒店做保安的工作，包吃住待遇好，唯一的缺点就是，离市中心远了一些。干了一阵子，听说八廓街旁边开了个商场，在招保安，便辞了这边的工作去了那边。

一两年下来，工资也涨了不少，生活也稳定了，除了山高路远难见面，看起来，似乎也没有什么缺点。

“可高原啊，毕竟是高原啊……”男人颤抖着手不住地拍自己的额头，话刚出口眼泪就成串地淌下来。

“我怎么会因为每个月多赚一千块，就让他留在那里呢。”

“我应该早去接他的…… 我应该早早地，带他回来……”

他把头埋进臂膀里，“呜呜”的声音厚重而沉闷，像是隔着一堵墙敲了过来。我看见他整个人缩成一团，抖成筛子，不知该怎么做才好，只能不停地咂巴咂巴嘴，满嘴的老坛酸菜味，恶心得我反胃。

男人和我说，今年入冬时，一向身体不错的男孩，却被冻病了。

高原看病贵，男孩子赚钱不容易，想着这点感冒发烧的，也不是什么大病，便一直只是在药店里买药吃着。电话里是和家人说过两三回的，总是一到夜里就低烧，咳嗽不见好，但既然吃着药呢，也就没人当这是多大一回事。

男人说到这一段的时候，鼻涕眼泪都糊到皮衣满是沟壑的袖子上，“我和他妈妈都是农民，没有文化，我们要是早知道这病在高原会那么严重，我们砸锅卖铁也要叫他把病看好啊！”

地上的泡面已经凉透了，表面的浮油凝结成一块，一动不动。

窗外是不断后退的山脉与湖水，我在明亮的车厢里，看不真切。我忽然觉得高原也是如此，我们不断地靠近它，却从未真的了解它。

纸巾用完了，男人重复拿手里的那张纸巾抹泪和鼻涕，一张老脸憋得通红，在泪水的浸泡下皱皱巴巴的，让人看着难受。

男人的儿子突然之间就一病不起，又一个突然，似乎只是普通感冒的病症就恶化成要下病危通知书的重症。男人直到现在也说不清儿子最后得的是什么病，只是说医院打了电话过来，说病况危急，说他的儿子，想见他。

上高原的机票，要两千块。

他舍不得。

“我怎么的能想到他病那么严重呢？我当时想，就算是肺炎，好好治治也就好了。两千块啊，就那么飞一下，两千块啊，我们农民家庭，哪里坐过什么飞机，怎么坐得下去啊……”他不断地和我解释自己没坐飞机的原因，自己家境的限制，价值观念不认可，没意识到病情严重……我起初不明白这样琐碎的解释是为什么，直到他说出那句：

“可是……就为着这两千块……刚刚医生给我打电话来，说我儿子死了。”

“来不及啊……”他拼命地拍着自己的大腿，咬牙切齿，泪流满面。

3

说出这句话以后，男人哭着，忽然就沉默了。

他的身体抖得厉害，过了一会儿，又突然醒了似的，满地摸着找烟，打火机却怎么也打不着了。我从他手里接过打火机，给他点上烟，看着他深深地吸着尼古丁，一口下来便几乎能看见烟屁股。他长久地呼气，攥着我的手腕和我说，“我不知道啊，没人告诉我……要是有人告诉我，儿子已经病成这样了，两千块我是怎么也会花的……没人告诉我啊……没见到最后一面啊……”

我不知道怎么安慰他，只能红着一双眼睛，不停说着“不怪你”，“不怪你”。

他摆摆手，一句话不说，只是一支一支地续着烟。

那一瞬间，我觉得我们两个人，两条命，却太渺小了，我们对一切都无能为力。

火车仍旧载着我们翻山越岭，而我却突然对那高原不再有任何一点的期待了。

夜晚从来没有那么长过，比照着看来，似乎人生却显得太短。

太阳照进窗户的时候，车内有人醒来，来来往往地抽烟、打水、洗漱。男人还是拿着那张用了半夜的纸巾，他仔仔细细地擦干净自己的眼睛和鼻子，然后缓慢地站起身，离开了。

他没有看我一眼，也没有和我说一句话，他慢慢远去，把背影留给了所有人。

我看见他的背影是矮的，佝偻着身子，仿佛随时会倒下。

那碗冷硬的泡面还是在那里，就像是一具恶臭的尸体。我捡起它，在旁边找到垃圾桶，闭眼丢了进去。

后来，直到火车到站，人们下车，我再也没有见到那个男人。

我在高原待了整整两个月，期间也病过一次。

含氧量不足的地方，一病就觉得呼吸困难。高烧的时候，每每我睁开眼，看着那天那云那辽原，便觉得自己到了天堂。

医生和我说："姑娘，这药你吃三天，我给你打一针，三天之后你来复查，没有好转的话立马买张机票去成都，知道吗？"

我混混沌沌："知道了。"

三天后，我的病好了大半。

我想起那个男孩，兴许他离痊愈就是少了这么一针和这么几包药而已。一条人命，却在自己混混沌沌的不在意中，就这样消失了。

原来生命竟是这样的脆弱。

我有一种说不出来的难过。

我突然觉得，似乎对于有些人来说，日子是靠"熬"着过的。

他们卖力工作赚钱，却丝毫不敢花钱，在病症面前，却选择依靠身体的自愈能力来拖延；在病重的家人面前，却选择带着那颗侥幸的心在漫长的路途上煎熬。

他们总以为自己是幸运的，在不幸真的到来之前。

连安全，连亲情，也无法凌驾于金钱之上。

穷苦的人们，总以为身体才是自己最大的武器。

而原本是服务于生活的钱财，最终却这样喧宾夺主，不知道是多么大的一种不幸。

后来，我去了男人说的那家洲际酒店，也去了他所言的八廓街旁边的商场，我是渴望遇见他的，我的心里有愧疚，对于那夜我长久的沉默和毫无用处的安慰啊。

可我再也没有见到他。

直到我踏上返程的火车，再一次在硬座车厢里吃老坛酸菜面，我再也没有见过他。

可我对硬座火车却有了记忆，我对每两节车厢间的吸烟区有了记忆，我对车子里混杂着体味和泡面味的混浊空气有了记忆，我对每一个神情恍惚长久沉默的人有了记忆。

我总是想起那样的一个夜晚，一个陌生的满是沟壑的男人对着我发着抖说出了自己的故事。

而地上，半碗泡面凝固着，像是周围毫不流动的空气一样。

人这一生，没有谁活得足够幸运。

但总有些人，活得更加不幸一些。

我很难不为此落下泪来。